繼母的拖油瓶是我的前女友 3

青梅竹馬還是算了吧

紙城境介

插畫／たかやKi

Kadokawa Fantastic Novels

Contents

♥前情侶的日常快照　暴風雨之夜的侵略者

風呼呼地吹。

『是啊。電車也停駛了，今天沒辦法回家。我已經跟由仁阿姨會合了——』

『就麻煩你跟結女一起看家嘍，水斗！』

回答一聲「好」，我掛掉電話。

往院子裡一看，橫颳的風雨正猛烈地打在窗戶上。

六月也到了後半，夏天的腳步接近，也就等於颱風將至。彷彿對學校公司有所顧慮地傍晚才來的颱風，瞬息間就奪走了人們的交通自由。也就是說——

「……媽媽他們怎麼樣了？有辦法回來嗎？」

「不行……他們說今天會在商旅住一晚，明天才回來。」

我頭也不回，回答繼妹——伊理戶結女的問題。

在只有我們倆的客廳裡，只聽得見強風的呼嘯聲。

好吧，就是這樣了。

看來今天一整晚，得靠我們倆撐過去了。

「……總而言之，先煮晚飯吧。冰箱裡有什麼菜？」

「……這個嘛，記得有幾包冷凍食品，但還是得洗米——」

嗯？只不過是家裡剩下我們倆，難道你們以為這樣就會讓我們失去冷靜嗎？

住在一起到現在已經過了將近三個月——我們倆在家裡都不知道獨處過幾次了。雖然一整晚的確是第一次，但說到底也只是至今經驗的進一步發展罷了。

人類是會成長的生物，也是懂得適應的生物。

對現在的我們而言，這點程度早就連意外都算不上——

——我本來是這麼以為的。

「呀啊啊啊！」

就在吃過晚飯，也洗過了澡，再來只剩上床睡覺的深夜時分，一陣驚聲尖叫響徹了家中。

現在是發生殺人案了嗎？

我皺起眉頭走出自己的房間。那女的大半夜的，是在吵什麼——

緊接著，一個長髮女人抱住了我。

「嗚喔哇！」

一時之間，我還以為是貞子什麼的出現了，結果是我的繼妹。

結女把臉按在我的肩膀上。綁成兩條髮辮的黑色長髮飄出潤絲精的花香，我極力將它驅離意識之外。

「怎……怎麼了？」

鎮定冷靜又處變不驚的我一問之下，結女身體微微發抖，指指她那房門留一條縫的房間。

「那、那東西……那東西……！」

「嗯嗯？」

那東西？請講名字好嗎？總不會說妳房間出現佛地魔了吧。

我往結女的房間探頭看看，卻發現我的譬喻其實挺貼切的。

就在地毯上。

那個不能說出名字的東西——讓世界陷入恐怖深淵的黑魔王。

我看見那小小的、黑漆漆的殘影，高速飛過我的眼前。

「快、快想想辦法啦……！殺蟲劑！殺蟲劑在哪裡！」

我正確掌握了狀況後，當機立斷，找出我能找到的最佳行動。

亦即躡足慢慢接近房間，把手放在打開的門上——

啪答一聲，靜悄悄地關上房門。

「…………封印，完畢。」

「你封印在誰的房間裡啊！」

我保持警戒，步步退離封印之地。

看到我這樣，退到一旁的結女迅速瞇起了眼睛。

「你……該不會是怕蟲子吧？」

「…………或許也可以這麼說吧。」

「要不然還能怎麼說啊！你丟不丟臉啊！百年的戀情都冷掉了啦！」

「最多也就一年吧，而且早就冷掉了好嗎？」

我嘗試戰略性撤退回自己的房間，但結女緊抓住我的手臂不放。

「廢話少說，快去拿殺蟲劑過來啦！我不知道放在哪裡！」

「我看妳根本是想從頭到尾丟給我吧！就只有這種時候裝弱女子，臉皮有夠厚！」

「比你一個大男人這麼沒用好多了！」

我迫不得已去一樓拿了殺蟲劑過來後，結女果然躲到我背後不要臉地說：「交給你了。」

啊啊該死！平常都可以讓老爸來對付，偏偏今天……！

我手拿噴霧殺蟲劑，下定決心後打開了結女房間的門。

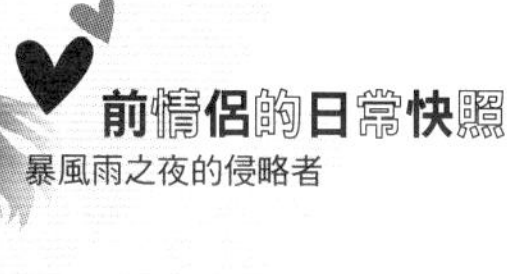

以剛才的目擊現場地毯上為中心，我掃視地板。結女的房間書很多卻很整潔。不像我的房間有東西放在地板上，多達三位數的藏書一絲不苟地收在書櫃或紙箱裡。

所以本來以為死角比較少……誰知卻不然。

「……你看啦，不知道跑哪裡去了……！」

那傢伙豈止令人作嘔的身影不見蹤影，連氣息都消除了。

我心情苦澀地咬牙切齒。

「……事已至此，只能發動飽和攻擊了——我要啟動煙霧瀰漫全室型的殺蟲劑。」

「咦？那我今天要睡哪裡？」

「老爸他們的房間不是空著？」

「什麼……？叫、叫我去睡新婚夫妻的床？」

……這點我倒是沒想到。畢竟說的是親生爸媽嘛……我無意識之中把這點給忘了。

「那客廳的沙發怎麼樣？」

「……不要。」

「唉……那沙發給我睡好了，妳去睡床——」

「不要。」

結女講話語調強硬——手卻緊緊拉著我的睡衣袖子。

「要是那個再跑出來……我不知道該怎麼辦……」

「……………」

就算有我在也只能陪著一起害怕，這女的是不是沒搞懂這點啊？

我在結女的房間啟動殺蟲劑（幸好她房裡沒有電腦），又對房門門縫噴了殺蟲劑，把房間徹底封死。

「這下就無處可逃了……看那傢伙還能怎麼活命。」

「這樣聽起來反而像是不會死耶。」

「一時口誤。」

然後我們來到我的房間。

我喀嚓一聲關上房門後，結女一邊輕手輕腳地繞過地板上堆積如山的書，一邊微微皺起了眉頭。

「這個房間明明比我那間髒亂多了，為什麼會出現在我的房間啦……」

「因為我的房間在冬天會換氣，讓房間變冷，殺死牠們的卵……不過，對耶，妳的房間之前一直都是空房間，所以從來沒換過氣。」

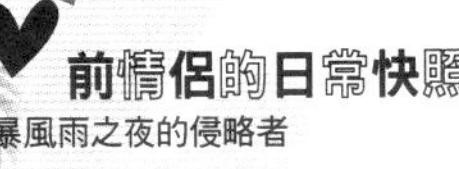

「啊啊，煩耶！」

穿著睡衣的結女在我的床沿坐下，身體微微下陷。

對著她把黑色長髮用白色大腸圈綁成兩束髮辮，垂在胸前（不得不說）令人懷念的模樣，我丟出不知是第幾次的問題：

「……欸，妳是認真的嗎？」

「你在擔心什麼啦。」

她眼睛瞪過來，視線射穿了我。

「你就這麼……沒自信？不敢保證不會對我出手？」

結女把手撐在屁股後方，一副不躲也不藏的態度。

身上就只有一件單薄睡衣，毫無保護力。

露出幾乎不會讓他人看見——頂多只會讓家人或男女朋友看見的模樣。

要光明正大、抬頭挺胸地讓我看到這副模樣，想必需要不小的勇氣。既然這樣，我也該憑著勇氣與理性做出回應。

穿睡衣的時候，會穿胸罩嗎？

反射性地浮現腦海的這種疑問，目前也就先封印起來。就像對付害蟲的方式。

「……妳少來了。」

「哼！我想也是。就連國中那時候你都沒膽做什麼了。」

「要妳囉嗦……」

我單膝跪到床上，掀開了棉被。

「進去吧。」

「……我睡靠牆？」

「不行嗎？」

「…………不會，也是，沒關係。」

結女扭動身體鑽進被窩後，我慢了一拍才發現——睡在牆邊，萬一發生了什麼事豈不是逃不掉？

……好吧，反正不會有什麼「萬一」，沒差。

我也跟著鑽進被窩，用遙控器關了燈。

視野變得一片黑暗後，彷彿在耳邊響起的呼吸聲，與背後感覺到的體溫成了一切。

我自然而然地拉開距離，卻差點從床上摔下去。

於是我稍稍退回來，但屁股碰到柔軟有彈性的物體，它嚇得彈跳了一下就逃走了。

雙腿可以挪動的範圍實在太窄。只不過是稍稍往背後移動一點，就會碰到像是光滑小腿的物體。每次我們都急忙躲開，又再碰到，急忙躲開——重複了幾次之後，就不約而同地放棄了。

我們碰到了對方的腳踝。

我擺著不理，她就錯開了位置……把她自己的腳，放到了我的腳上。

我不想忍耐，於是把位置錯開得更大，沒想到她也繼續跟我作對，雙腳伸過來夾住我的腳。

為了尋求解放，我用拇趾戳她的腳背，她竟然也用拇趾做出反擊。先是沿著腳背慢慢滑過，接著硬擠進我的拇趾與食趾之間。很痛耶。我腳趾用力，緊緊扣住她的拇趾。

於是，她終於伸手過來了。

可能是還在考慮要怎麼做，那隻手連連推擠我的背，我用左手抓住它推回去。

細長的手指與手指，互相推擠、夾住、劃過——最後，停滯於指溝與指溝互相嵌合的狀態。

——遠處傳來強風的呼嘯聲。

今天老爸與由仁阿姨，受到物理性阻礙回不來。

所以——

此時此刻。

無論我們做什麼……

——都不會像平常那樣，有可能被老爸他們發現。

……我在想什麼？

此時此刻，我們能做什麼？就是睡覺，沒別的了。

因為，沒錯，床這種家具對我們來說，就只有這一個用途。

什麼其他用途……

再怎麼找也是沒有的。

所以，現在，這個家裡只有我們倆，一整晚，長達好幾個小時，沒有任何人會來攪局的預設狀況，根本一點、一點、一點考慮的必要都沒有——

一雙手臂，從背後用力抱緊了我的身體。

「……！」

我驚愕地確認這種觸感。

那手從後方穿過我的腋下，抓住我的胸口位置。

柔軟的觸感隔著單薄布料，抵在肩胛骨的位置。

然後，一陣濕濕的呼氣落在後頸上。

不……不會吧？

是妳警告我不准這樣做的，不是嗎？

自己那樣百般挑釁，妳卻——

撲通撲通撲通，心跳聲煩人地鑽進耳朵。

這也許是我的心跳——也可能是從她抵在我背上的胸口，傳出的聲響。

啊啊，這樣不對。

不可以。

我必須克制住。

我想伸手按住左胸，然而她的手占據了該處。

所以，我，已經無計可施。

我轉身向後——

「——欸，我說啊……」

就在這時，從我的後頸附近，傳來害怕發抖的嗓音。

……嗯嗯？

「剛才……你有沒有，聽到什麼聲音……？」

「……嗄？」

我靜下來側耳聆聽。

——沙沙。

「！」

大腦溫度急速降到零度。

心跳出於不同的理由而加快。

難、難道是……封印做得不夠完整？

「開、開燈！開燈！」

「我知道……！」

我用放在枕邊的遙控器開了燈。

接著視線迅速掃視整個房間，赫然發現漆黑的身影，就佇立在地板的成堆書本之間！

「嗚哇！」

「呀啊！」

我們一把將棉被掀掉。

可惡的東西！竟然突破了封印來到這裡！

「殺蟲劑！殺蟲劑！」

結女貼在我的背上大叫。哎喲，這樣我很難動耶！妳就一點鬥志都沒有嗎，戰鬥啊！

幸好我考慮到突發狀況，把噴霧式殺蟲劑帶在手邊。這個房間裡東西很多——一旦追丟就很難再找到牠了。

「……只能幹了……就在這裡下手……！」

我握緊噴霧罐下了床。

為了不刺激到那傢伙，我小心翼翼、躡手躡腳地靠近牠……

豈料。

這傢伙該不會有殺氣感應器官吧——我手指一放到按鈕上的瞬間，牠就用駭人的瞬間爆發力衝了出去！

「哪裡逃！」

這是我有生以來，最高等級的反射速度。

我即刻將準星對準那傢伙的前進方向，噴出殺蟲劑。可與職業玩家媲美的甩狙技術，準確無比地捕捉到漆黑的身軀，瞬間奪取其運動能力。

牠停止不動後，我繼續用噴霧器卯起來噴牠。

「好噁……牠還沒死……」

噁爆了。我真的不行。

我在過度的生理性厭惡下一面有點變成女高中生，一面殺牠殺到完全不動死透為止。

反派角色面對無論痛宰幾次照樣站起來的主角時搞不好也是這種心情。難怪他們會忍不住想說幾句垃圾話。

結束了長達幾十秒的噴霧後，結女從後面怯怯地問我：

「……死了沒？」

「大概死了……」

我怕我把話講滿牠會復活。這生物到底是怎樣？變身型頭目嗎？殺死了是很好，但也不能把屍體就這麼擺著。

我就像對待人類屍體那樣蓋上衛生紙遮住牠的模樣，用掃把掃起來封進層層塑膠袋裡。

這次是真的萬無一失了。

「……唉……」

看到我把塑膠袋的袋口綁緊，結女安心地深深嘆一口氣。

「我說妳啊，一點忙都不幫的嗎……」

「……又、又不會怎樣。我大概也只有這種時候會拜託你了。」

「把我當殺蟑人員啊。」

我大嘆一口氣後，結女露出尷尬的神情，聲音細微地低喃：

「……謝謝。」

「講得太慢了。」

「人、人家跟你道謝還挑剔！哪有人像你這樣啊！」

哈！我嗤之以鼻。

結女不服氣地噘起嘴唇，從我那張被她當成堡壘的床下來。

「既然那傢伙消失了，我也沒理由待在這個房間了。只要替我的房間換氣——」

「……颱颱風耶？」

「…………………」

橫颱的風雨，狠狠打在窗戶上。

一旦開窗，大量雨水就會代替瀰漫的殺蟲劑灌進房間。而且是那個放有大量書本的房間。

「況且，都說看到一隻就表示還有三十隻——我想把那個房間徹底清理一遍。」

「…………那就……」

結女一扭頭把臉別開，說道：

「不得已…………今天就……」

「『謝謝』呢？」

「你很煩耶！你才應該感到榮幸啦！」

雨聲與風聲都停了。

取而代之地，耳邊聽見安穩的細微鼾聲。

「……呼……」

我的意識從睡眠浮上表層，迷迷糊糊，反射性地看向聲音的方向。

一個長睫毛緊密闔起的可愛女生，就在眼前。

……不知有多久，沒靠這麼近看妳的臉了。

妳從以前，就只有眼鼻五官特別端正……不管我講幾次，妳都不肯相信……沒想到現在，卻裝起才貌雙全的完美超人來了……啊啊，真是，敗給妳了……

我用手指，將她的瀏海順手推到一邊。

好讓我把她的臉，看得更清楚。

……就讓我仔細看看妳的臉，沒關係吧？綾井……

濕熱的呼吸，落在嘴唇上——

——沙沙！

一道電流電得腦中發麻，我霍地坐了起來。

剛才的聲音難道是！

……應該說，我剛才，差點做出什麼事來……？

就在我半夢半醒的腦袋混亂得產生過熱現象時，事情發生了。

「嗚呀啊啊！」

剛才明明還睡得很熟的結女也跳了起來，抱住了我。

「……咦？」

——沙……

轉頭往聲音來源一看，放在書堆上的講義，飄落到了地板上。

原來是那個的聲音啊。

這麼一來……問題反而是此時撲到我胸前的這個女人。

「……妳，妳……」

「…………………」

「妳……妳沒睡著？」

「…………………」

她早就察覺到了？

察覺到我剛才睡昏頭，險些做出的好事？

結女把她的臉按在我的胸前——像是在隱藏表情。

「…………我選擇保持沉默。我沒什麼話好跟想趁女生睡覺時偷親人家的男人說。」

「妳既然察覺了——」

「幾點了！」

結女突然大叫起來，一把將我推開遠離我，下了床。

「慢吞吞的會遲到的！而且颱風很明顯已經走了！」

結女單方面地這樣告訴我——就倉皇地逃離了我的房間。

瞪著關上的房門，我喃喃說道：

「……妳既然察覺了——」

——不會逃開，或是拒絕啊。

這句話停在喉頭……就這樣消散不見了。

恰似一場風暴過去。

事到如今只能說是年輕的過錯，不過我在國二到國三之間，曾經有過一般所說的女朋友。

本性並不適於找對象的我們，怎麼會演變成那種關係？原因只有一個，就是一項共通點聯繫了我倆。

人類史上最大的發明，人類身為靈長類的證據，文明社會的基礎。

也就是書。

閱讀小說——這項共通的興趣，一不小心就把天生獨來獨往的我們圈到了一塊——在此我不論述其中的貢獻與罪惡，總之我們就像這樣產生了聯繫，平時是如何來往的自然不用多說。

針對看過的書討論感想……

針對還沒看過的書談論對它的期待……

然後，就是互相借閱對方的藏書。

……其實這方面的交流，即使如今從情侶轉職成繼兄妹，依然低調進行中——只是現在的我們，變成……

針對看過的書批評爭論……

針對還沒看過的書互相抱怨……

然後就是擅自拿走對方的藏書，再來臭罵對方。

……雖然變成了這種狀況，但關於這點，以愛書人的來往方式而論並沒有哪裡不同。如今變得能夠直言不諱發表意見，反倒稱得上是一種進步。

閒話就講到這裡。

對於我們兩個缺錢國中生來說，互相借書是很重要的一件事。不但可以免費看書，更重要的是對方也在看同一本書——不只是享受閱讀樂趣，甚至還能討論感想，用一舉兩得都還不足以形容。

那時對我們來說，小說正是超越了社群軟體的溝通工具。

不過，我們曾經發生過以下這段對話：

——那個系列，我家裡有全套。

當時我正在跟那女的——綾井結女一起逛各家二手書店。

聽她說在找某個有點年代的推理小說系列，我這樣跟她說。

——咦！真的嗎？

——嗯。不介意的話可以借妳……

——謝謝！我真的都找不到……

——那麼……

我不假思索——真的沒多想就說了：

——要不要現在就去我家？

——……嗚欸？

綾井像是齒輪錯位般忽然僵住了。

——伊……伊理戶同學的家？

——……？對啊。

——呃……這個……這個，那個……

綾井忽然開始不乾不脆地伸手抓瀏海，渾身僵硬地低下頭去。

到了這個關頭，愚蠢的我終於會過意了——我這等於是想把她帶進自己的家裡。

——啊！……啊——呃……

——嗚——……嗯，欸……

在二手書店的狹窄走道，一對國中男女生反覆發出沒有意義的呻吟聲。

長達一分鐘以上暴露出回想起來都讓人尷尬的丟臉德性後，我們偷偷互看一眼，不約而同地露出討好的笑臉。

——……我、我明天帶去學校。

——……呃，嗯。謝謝……

我就承認吧。

即使是現在的我，還是得承認。

跟綾井結女待在同個房間，看愛看的書消磨時光而不用特地找話題，一定會是很快樂的經驗。

然而我們卻退縮了。為什麼？

因為那時我們是情侶。

因為情侶待在同個房間裡，這種預設狀況，會暗藏另一種意義。

所以，假如我們不是情侶。

假如沒被國中生特有的思春期迷惑心智，作為閱讀同好維持著恰到好處的往來。

我們說不定，還能維持當時的關係……

……我也曾經這麼想過。

直到我遇見東頭伊佐奈。

◆

「我想看水斗同學的書櫃。」

放學後的圖書室——在平常的固定位置，窗邊的空調機上。

經過一番波折後確定成為女性朋友的東頭伊佐奈，忽然間說出了這句話。

「……嗄？我的書櫃？」

「你想想嘛，我不是被水斗同學你甩了嗎？」

「呃，是啦。自己講不會覺得怪怪的？」

「被甩了不就證明沒譜嗎？那麼我這個女生進入水斗同學這個男生的房間，應該也不會越界吧？」

「嗯。嗯……？」

被人家說：「應該也不會怎樣吧？」就會讓人想回答：「的確。」

這傢伙說話有著異樣的說服力。明明嘴巴很笨，或許是講起話來偏偏很有條理吧。

「……不對不對，等一下，東頭。這番解釋跟妳想看我的書櫃有什麼關聯？」

「想看是出於我的個人欲望，沒什麼理由。就只是想看而已。硬要說的話，是想確認哪本輕小說的插畫頁有留下壓痕。這樣就能了解一下是哪個女主角對國中或小學的水斗同學進行性啟蒙了。」

「還『了解一下』咧。妳搞清楚這點想幹麼?」

「如果我吃醋的話你會被我萌到嗎?」

「不會。萌到這種說法已經過時了。」

「如果我吃醋的話會很實用嗎?」

「妳這女生的羞恥心都到哪裡去了!」

巨乳黃腔系女生東頭伊佐奈,做出做作的動作連眨了幾下眼睛。

「咦——?實用這個說法有哪裡害羞了——?實用這個詞網民不是都在用嗎——跟我解釋實用有哪裡不行了嘛——」

「妳變得比以前更難搞了……」

「水斗同學的這個厭煩的表情,實用度很高喔!爆實用!今晚就決定是你了!」

「我說認真的,給我住手,否則我跟妳絕交。」

「對不起對不起我是開玩笑的我不會再用下流的眼光看你了!」

邊緣女——東頭伊佐奈淚眼汪汪地抓住我不放。這個動作導致自我申報G罩杯的巨乳軟綿綿地壓到我的上臂,不過跟上次不一樣,這次八成是沒自覺。只是比起那時做出的生疏色誘，現在這個棘手了一億倍。

「我越來越不願意了……讓妳進我家絕對會威脅到我的貞操。」

「請放心，我會先進入賢者模式再去。」

「妳從剛才到現在講的每一句話我都聽不下去。」

「哎，講得單純點就是水斗同學好像會有超懷舊的輕小說，想借幾本來看看啦。」

「我是不知道從哪個年代可以算是懷舊。妳上次不是在看涼宮嗎？」

涼宮春日從我們這個世代來說已經完全算是舊作了。

「不過好吧，這樣的話倒無所謂……可是，妳不在意嗎？」

「在意什麼？」

「好歹也是男生的家，妳一個人跑來，都……不會有戒心嗎？」

「哎？」

東頭偏著頭，好像聽到了大出所料的一句話。

「我才剛被甩耶，有什麼好提防的？」

她那雙眼睛裡，蘊藏著純真而毫無疑心的光彩……

使我再也想不到任何話來反駁她。

「哦哦，這裡就是水斗同學的家啊……將成為我『第一次』的地點……」

「別講得讓人想入非非，妳這思春期女生。」

看到東頭在別人家的門口做作地扭扭捏捏磨蹭雙膝，我給她肩膀一記手刀讓她清醒過來。剛剛還發生過東頭說：「那我去轉職成為賢者一下！」想跟我分頭行動的事件。

「這都要怪水斗同學不好，誰叫你繼續讓我當玩樂者（註：電玩遊戲「勇者鬥惡龍3」裡全職業只有「玩樂者」能不需道具就轉職成賢者）。」

「我也開始感到不安了，不過要是有個萬一，我就發揮男性本色。」

「哎呀。不好意思，那麼可以讓我去一趟超商或藥局嗎？」

「我是說我要用蠻力抵抗啦！」

自從那場告白以來，這傢伙言行完全不受限了。看來我們之間還是有著性別的隔閡。

東頭望著伊理戶家的大門，出神地說：

「老師也住在這裡對吧？」

「老師？」

「啊，不好意思，我是說結女同學。」

「妳們在我不知情的狀況下變成了什麼關係啊……」

我已經知悉東頭對我的告白當中，那女的與南同學也參了一腳，但至於具體而言是如何插手的，那兩個女的死都不肯講。

「不過我想那傢伙應該還沒回來。放學後大多不是跟南同學她們幾個去玩，就是到書店逛逛，要不就是在自習室或圖書館念書。」

「難得有這機會，本來想參觀一下繼兄妹令人目眩神迷的生活的說。」

「別把我們的生活講得像表演節目一樣。」

選在那女人不在的時段算是不幸中的大幸。要是知道我把東頭帶進家裡，天曉得她會怎麼找我麻煩。

我帶著東頭，踏進玄關的大門。

我沒說「我回來了」。因為這個時間家裡沒有人在。

「……打擾了～……」

至於東頭，則是客氣地躲在我背後小聲地說。看來一進入別人家就發動了怕生模式。

對東頭來說，家裡沒人或許也剛好。

我也不想讓人看到我帶女生進家裡就是了。

「那麼東頭，妳先去我房間。我去拿點飲料來。」

「啊，好的。我想喝蘋果汁。」

「這種時候應該要說『不用麻煩』才對。」

忘記家裡有沒有蘋果汁了。我一面這麼想，一面脫掉鞋子走向客廳的門——

「……咦？」

「嗯？」

門忽然開了，那女的冷不防出現在我面前。

那女的——換言之就是伊理戶結女，先看看我的臉，然後看看我背後的東頭。

接著眼睛又轉向我，再看看東頭，再看看我，再看看東頭……

一遍又一遍，視線在我們兩個之間轉來轉去。

「啊，什麼嘛，妳在啊。妳好——結女同學。」

「啊，嗯，妳好——不對吧！」

結女急忙啪一聲關上客廳的門，氣勢洶洶地逼問我：

「（這是怎樣？怎麼回事！你怎麼把她帶回家啊！不是才剛甩了人家嗎！）」

「（妳說得一點都沒錯，但事情就自然發展成這樣了。）」

「（你怎麼這麼容易就被那女生說服了啦……！）」

話說回來，講話幹麼這麼小聲？

「（快請她回去啦……！）」

「（喂喂，這樣太沒禮貌了吧。再怎麼不喜歡也不能這樣啊。）」

「（不是啦！現在時機很差！今天難得——）」

就在這時，客廳裡傳來了聲音。

「水斗回來了嗎～？」

「喂～水斗——回來了都不說一聲的啊——」

那是——我的繼母與親生父親的聲音。

「…………！」

我頓時全身噴汗。

帶東頭回家被結女知道還好。這傢伙知道我跟東頭的關係不單純。

可是。我得說可是。

萬一老爸與由仁阿姨，看到了這個狀況……！

「東、東頭！抱歉，今天不方便——」

「？」

就在我急著把不解地微微偏頭的東頭推出大門外時，就只差了那麼一點。

客廳的門打開了。

「水斗？怎麼都不回話——嗯？」

從房門露出臉來的老爸，清楚目擊到了東頭伊佐奈的身影。

「嗯嗯？嗯嗯嗯嗯，嗯？女……生？」

他看看東頭，看看我，又看看結女……

「結女的朋友……？不，剛才妳跟水斗在一起……？」

兩眼當中滿是亂跳的問號。

老爸啊，我跟女生一起回家就這麼令你難以置信嗎？

「啊，啊，呃，打擾了……」

東頭緊張得不知所措，簡單低頭打了招呼。

「我是水斗同學的……朋友……東頭伊佐奈！」

「啊，喔……這樣啊，朋友啊。沒有啦，我還以為水斗竟然帶女朋友回來了。」

「不、不是不是！我已經被甩了！」

「…………嗯嗯？」

整件事情就在我與結女當場凍住的時候開始，然後全完了。

「之前他已經徹底把我甩了所以現在只是普通朋友！請不用擔心！」

東頭毫不留情的鞭屍發言，讓時間終於恢復正常流逝。

「由──由仁──！水斗他──！水斗帶前女友來家裡啦──！」

「咦！怎麼回事，跟我多說一點！」

我拉著東頭的手臂衝上通往自己房間的樓梯。

「……那個，為什麼水斗同學的爸爸，會把我當成你的前女友呢？」

東頭愣愣地偏頭，向逃進自己房間裡抱著頭的我問道。

「……我說妳啊……要是有人說『我之前被甩了，現在跟他是好朋友』，大多數人都會這樣解讀吧……」

「原來……如此？」

「妳根本沒搞懂吧……」

這傢伙的認知果然有點偏差。

東頭用長及手背的毛衣袖子遮起嘴巴，只用眼睛賊笑。

「既然都要被誤會，我比較想被誤會為現任耶——在各方面都比較好辦。」

「什麼叫做各方面啊——不，算了，我不想聽。」

我嘆一口氣，把手貼在額頭上。

既然都要被誤會——是吧。

讓爸媽把東頭錯當成前女友或許也不錯，這樣他們就不容易察覺結女才是真正的前女友。這就是所謂的誤導技巧。

不過叫東頭扮演我的前女友，或許很有困難……

「哦哦——房間裡到處都是書，好凌亂喔——讓人心靈平靜。」

不顧我的滿腦子煩惱，東頭一路繞過書本高塔，移動到書櫃前面。

「哦哦——真的從輕小說到純文學都有……常說書櫃會顯示主人的心理，就這個情況來說，水斗同學的心理該怎麼解釋呢？八面玲瓏？」

「不要講得這麼難聽。我是零面玲瓏。」

「也可以變成只會向我撒嬌的一面玲瓏喔——？你看嘛，因為我在感情層面上還是喜歡水斗同學的。」

「…………………」

「哎喲！不要認真覺得為難啦！我是開玩笑的！」

誰都會為難好嗎？我到底該保持怎樣的距離跟妳相處啊。

東頭說：「我可以隨便看看嗎？」於是我回答：「要放回原位喔。」東頭興奮雀躍地開始在我的書櫃裡挖寶。

「我覺得參觀別人的書櫃啊，就跟挖掘化石很像。書櫃就像是地層。智慧的地層，也就是智層（註：日文智慧的智與地層的地同音）。」

「妳只是想講最後這個哏吧。」

就在東頭像這樣致力於挖掘工程時，有人輕敲了兩下房門。

難道是老爸？我提高戒心，但很快地敲門就變成了踢門，讓我放了心。這麼粗魯，一定是那女的。

「妳的世界都是用腳敲門的嗎？」

我一開門就這樣講她，結果站在走廊上的直長髮女人——伊理戶結女臭著臉瞪我。

「我是來阻止你對東頭同學毛手毛腳啦。」

「誰會在全家團聚的家裡做那種事啊。」

「……也是喔，你只會在家裡沒別人的時候做嘛？」

臭繼妹面露耀武揚威的冷笑……是在說上次颱風天的事嗎？

我自覺尷尬，一面別開目光一面說：

「妳來幹什麼？」

「當然是來監視的啊，免得你對東頭同學出手。因為我跟她是朋友。」

「是喔，朋友喔。」

瞧她現在講得真輕鬆。我怎麼記得以前這傢伙也跟東頭同學一樣，屬於要從朋友的定義

開始做決議的類型？

隨後，結女疲倦地輕嘆了一口氣。

「……還有避難。媽媽他們實在是逼問得太緊了……」

「啊——那還真是……」

給妳添麻煩了。

我心中罕見地萌生慰勞的心情，於是決定這次破例，心胸寬大地讓她躲一躲。

「……進來吧。有人監視總比被人亂懷疑好。」

「我不客氣了。」

我讓結女進來，這時忙著在我書櫃裡挖寶的東頭轉過頭來。

「哦，結女同學也要來挖掘嗎？」

「什麼意思？那書櫃裡有化石嗎？」

「我覺得書櫃就像是地層啊。智慧的地層，也就是智層。」

「……智層？」

嗜讀古典推理翻譯作品的女人，似乎沒能理解漢字文字遊戲的韻味。東頭顯得有點沮喪。我懂，我懂妳的心情。

「……總之，水斗同學的書櫃很好玩的，值得挖掘一番！結女同學隨時想來挖都可以對吧——真令人羨慕……」

「算是吧。」

「誰跟妳『算是吧』，別擅自亂翻我的東西啦……上次明明才把戀愛喜劇輕小說當成色情書刊，自己在那邊臉紅。」

「啊！……那是……！」

「哦哦，還有過這種插曲啊？……啊，該不會是這個吧？這個的確很色。」

「喔，不是。那本尺度更大。」

「還有尺度更大的嗎！」

東頭開始從我的書櫃拿出扉頁或其他插圖大尺度的輕小說給結女看當好玩。

「妳看，這張插畫超色的。妳看看這個表情。」

「嗚哇——……嗚哇啊啊啊……！」

自己收藏的大尺度插畫輕小說被兩個同年級女生湊在一塊看，就連我碰上這種場面也不禁感到如坐針氈，但屏除掉這點不論，現在可是嘲笑結女這傢伙純潔無知的大好機會。

「笑死，妳是小學生啊？」

「要、要你管，你這悶騷色狼！」

「說得也是，水斗同學意外地擁有一些賣肉的作品呢。你們看，記得這個應該是有畫出乳頭的那本吧？」

「……咦，汝投？」

「好了東頭，到此為止。」

東頭正要抽出藏在書櫃深處的一本書，我從背後抓住她的手阻止了她。

我在買書之前不會先確認內容，都是看封面憑感覺挑的，買的時候並不知情好嗎？

「唔唔，本來想檢查一下扉頁或其他插圖頁有沒有壓痕的說。」

「更不可以。」

「我明白了。作為交換條件，請讓我看你的電腦硬碟。」

「更不可以！」

「我也會讓你看我的平板電腦檔案的！」

「也太飢渴了吧！」

怎麼會想看想到不惜自傷的地步啊！

「……你們平常，都這麼……該怎麼說，都這麼直來直往嗎……？」

結女一邊稍微與我們拉開距離，一邊看向我們。

「嗯，算是吧。平常就會聊最近特別實用的美少女喔？」

「實用……？」

突然義妹と一つのベッドを共有することになったんだが②
令和の問題
KADOMATU
ISBN 978-204
CC293 ¥640
KADOMATU
コミカライズ
スタート!!

「東頭妳給我收斂點。那傢伙對那方面是真的一無所知啦。」

「唔嗚唔嗚唔嗚……」

我從東頭背後摀住她的嘴。東頭雙手亂揮著掙扎，但柔弱宅女的小小抵抗就連我也壓制得住。

「…………哼……」

看著這樣的我們，結女只哼了一聲。

哼得帶點鬧彆扭的味道。

「……噗哈——！傷腦筋，這個繼兄保護妹妹過頭了。限制表現自由是會扼殺文化發展的喔？」

「我限制的不是表現，是妳本人。」

「哇喔——我成了審查對象耶。真沒辦法……都怪我天生就具有這麼情色的胸部……」

「就跟妳說過這種裝傻方式很難吐槽，不要再講了。」

「這是我唯一的長處所以恕難從命——」

東頭挺起被推高的學校制服毛衣。換成一般人應該比較容易產生自卑情結……也許這種想法反倒是被虛構作品毒害了。

「啊。」

東頭眼睛停在書櫃的一處，伸手過去。

她拿起了一本封面是彩圖但裡面沒有插圖，就是一般稱為輕文學類的文庫本。

「這個作家，記得是從輕小說出道的對吧？」

「嗯……記得是這樣。」

「我只會關注輕小說的新刊所以錯過了。可以借我看嗎？」

「可以啊。」

「唔呵呵——」

東頭發出語調平板，只有字面看起來開心的聲音，把那本書抱在胸前。

然後，她東張西望。

「呃——……我可以躺在床上嗎？」

「啊？喔。」

……喔？

我還來不及想到自己准了什麼，東頭已經小快步地走了過去。

走向我平常睡覺的床。

「那就稍微打擾一下嘍——」

她先是一屁股坐到軟軟的床上，接著就像平常在圖書室做的那樣，脫掉襪子光著腳，趴

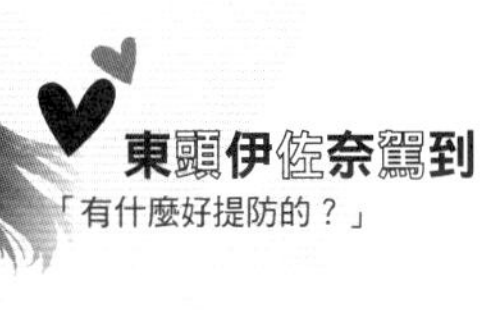

到了床上。

從制服裙子伸出肌肉量一看就很少的肉肉大腿，上下揮動著光溜溜的腳，把書放在枕頭上翻開封面。

輕鬆得簡直像在自己的房間。

一瞬間我差點忘了，她是躺在我的床上。

「等、等等……妳在幹麼啊，東頭同學！」

「欸？」

看到東頭這種當自己家裡的行為，結女急忙跑向她。

「妳、妳躺的那裡……是這傢伙的床耶？」

「我知道呀，所以不是有問過他一聲嗎——」

「不是，我是說……該怎麼說才好，那個……妳一點感覺都沒有嗎！」

「咦——？這個嘛，嗯……」

東頭臉上一樣地缺乏表情，突然間把整張臉埋進了我的枕頭裡。

「有水斗同學的體味，讓我心裡有點小鹿亂撞就是了。」

「還真的有感覺啊！」

還以為妳根本覺得沒什麼咧！

「哎，先不管這個，房間裡就只有這裡可以看書，我也沒辦法。」

「什麼沒辦法……妳……都沒有戒心的嗎？」

「戒心？」

東頭用純真的眼眸望向結女，就像在學校對我露出的那種眼神。

「我已經被甩了，所以不會有事的——」

聽到她這句話中藏著「討厭啦妳在說什麼啊」的語氣，結女無言了。

我從她背後，輕輕把手放在她的肩膀上。

「這下妳懂了吧？」

「咦……這……可是……奇怪？」

結女輪流看看我的臉與趴在我床上開心地開始看書的東頭，一臉混亂的表情。

東頭認為現在不管她做什麼，我都不會把她當成異性看待。

因此，即使是一般來說會因為性別隔閡而有所顧慮的事情，她也認為基於純粹的朋友身分可以做沒關係。

事實上，這種想法沒有錯。

我是這麼想的，也希望她能不以男女差異區隔我們的友誼。我們是朋友，到朋友家裡在朋友的床上看書應該沒什麼大不了。

可是……她一實行起來，我的感覺卻有點難以追隨。

在日前的告白中應該最受傷的東頭竟然比我更看得開，說來也實在窩囊——但我心中還有某個地方，抹除不了將她當成女生看待的感情。

我繼續抱持這種心態，對她來說一定是一種冒犯。

是我用自私的理由甩了她。所以事到如今，我無權再把她當成異性看待。

……我想，我應該做點努力。

向她看齊——把那場告白，徹底當成已經過去的事。

努力跟她繼續做普通朋友。

這才是我該付出的誠意……

「嗚，嗚嗚……腦袋跟不上……為什麼……？這個女生待在這個房間，怎麼會比以前的我還要輕鬆自在……」

「認真就輸了。我也已經決定把這傢伙當成同性朋友看了。妳就看書壓壓驚吧。」

「……我會的……」

結女乖乖接過我拿給她的書，在牆邊席地而坐翻開了書頁。

我也從書包裡拿出看到一半的書，背靠著東頭躺著的床的側面。

有一段時間，只聽得到一連串的安靜翻書聲。

「——嗯嗯～！」

東頭在我背後的床上大大伸了個懶腰，於是我抬頭看了看時鐘。

已經六點多了。不知不覺過了將近兩小時。

我坐著回頭，抬頭看著好像在炫耀巨乳般伸展身體的東頭。

「好快喔，已經看完了嗎？」

「看完了～很好看。唯一的小缺點是沒有美少女的裸體插圖。」

「一般的書都沒有啦。」

……記得這傢伙看的應該是感人類別的愛情小說，臉上卻看不到半點淚痕。

東頭屬於不容易表露感情的類型。不過只是不容易表露，並不是感情平淡。之前她曾經一言不發面無表情地盯著女主角的養眼插圖看了非常久。

就這方面來說，跟結女那傢伙屬於正好相反的類型——那女的每到後半劇情轉折時臉上都會有個大大的「咦！」，害我偶爾會被她的表情劇透。

「哈呼——肩膀痠了。水斗同學，請幫我揉肩膀。」

「不要。為什麼啊？」

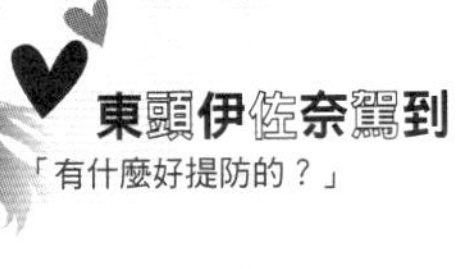

「胸部大會讓肩膀容易痠啊?你不知道嗎?」

「我不是在問這個。」

不是在問原因,是在問我有什麼義務這樣做。

「啊啊~肩膀僵硬到動彈不得了,我決定要老死在水斗同學的床上。我撲——滾來滾去。」

「好了我知道了啦!知道了,不要把妳的體味擦在我床上!」

我爬到床上,讓滾來滾去的東頭坐起來。然後我跪著繞到一屁股呈現W坐姿的她背後,手搭在她的肩上。

東頭只轉過頭來,抬眼看著我。

「請你……溫柔一點喔?」

我手指一用力按下去,東頭渾身抖了一下,微弱地嘆息。

「嗯嗚……唔!好舒服……你想對我,怎樣都行……嗯,嗚嗚……!」

「……喂,妳這是在幹麼?」

「在學輕小說裡常見的『假裝在做色色的事,其實尺度絕對健全的描寫』啊。」

「那個在現實生活裡不成立啦!」

「好痛!痛痛痛!等……握力!握太用力了——!痛痛痛痛!」

就在我捏扁她硬邦邦的肩膀肌肉時，一個長髮女從房間牆角站起來了。

「距離感都亂掉啦！」

本來以為看書平復了她的心情，沒想到講話口氣依舊嚴重失常。

結女不知怎地紅著臉指著我們，說：

「你們在騙我對吧！你們其實正在交往吧！根本正牌現任女友吧！」

「哪有～？我們之前就是這樣了啊，對不對，水斗同學？」

「應該一直都是這樣吧。就朋友啊。」

看到我們面面相覷，結女嚷嚷著說：「啊！我知道了……！」

「我知道了，我現在搞懂了！因為你們沒交過幾個朋友所以搞不清楚朋友的距離感！謎底大揭曉！」

「真沒禮貌。我們好歹也有一兩個朋友……」

「就是啊，不過就一兩個朋友……」

然後我們的目光游移了。

「…………哎，每個人都有自己的距離感嘍。」

「…………有一百個人就有一百種朋友的關係嘛。」

「你們先停止在床上黏在一起再來跟我找藉口！」

東頭無奈地嘆氣，然後把後腦杓靠在我的胸前。

「有個戀兄的繼妹也真是難為呢，水斗同學。」

「是啊，真的。」

「我既沒有戀兄也不是繼妹！」

「幫我穿襪子——」

東頭將結女的抗議當成耳邊風，向我伸出光著的腳。

這已經是常態了，於是我撿起扔在地板上的襪子。然後一手扶起東頭的腳跟，把襪子套上她的腳趾，滑過腳背。

「……我之前就在想，襪子妳不能自己穿嗎……？」

「不是，是這樣的——胸部太大，要往下彎腰不是很容易——」

「動不動就要扯到胸部！幸好南同學不在這裡！」

「嘿嘿——好吧，其實我只是讓水斗同學照顧我照顧到上癮了。」

「我偶爾會把襪子翻面就是了。」

「咦？真的假的？」

「真的。」

「你這個奸臣——！」

「很痛耶，不要踢我啦。」

我一邊防禦腳踢一邊幫東頭穿好襪子後，她終於下了床。

「可以借一下洗手間嗎？」

「還以為妳要回家了咧。還打算繼續賴著不走？」

「想說等決定好要借哪些書再走。」

「……好吧，沒差。下樓梯左邊第一扇門就是了。」

「多謝──」

東頭搖搖晃晃地走出了房間。

只留下我與結女。

結女不知為何，瞪著我不放。眼神中甚至透出怨恨。我可以想到一些她恨我的理由，不過俗話說敬鬼神而遠之。我假裝沒發現，打開看到一半的書。

「…………欸。」

聽見僵硬帶刺的聲調，我用眼角餘光瞄過去。

只見──結女正把穿在腿上的黑色膝上襪一路往下拉，自己把它脫了。

……嗄？這傢伙在幹什麼？

赤裸的白皙雙腿暴露在外。自從上次洗完澡撞見之後，那腿現在看起來依然毫無贅肉，

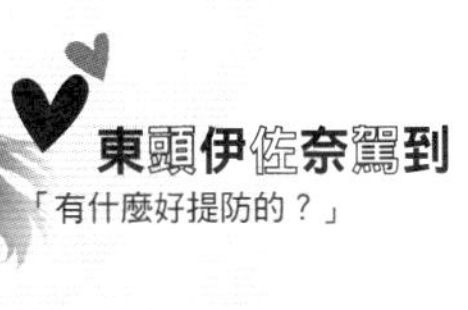

比東頭顯得細瘦多了。

結女手拿脫掉的膝上襪，先是邁著大步往待在床上的我走來，然後砰！一屁股重重地坐到了我旁邊。

接著——向我伸出了她光著的腳。

就像東頭剛才做過的那樣。

「幫我穿。」

說著，她把脫掉的膝上襪拿到我面前。

她的意思好懂到不需要困惑，行動又太沒前兆很難笑，讓我不知該作何表情。

「妳在跟人家比什麼啊……有像妳這種獨占欲的嗎？」

「要你管，我只是覺得拿你當僕人也滿有趣的。幫、我、穿！」

真是個難搞的傢伙。

繼續爭辯下去東頭就要回來了。既然如此，快快照她說的做才叫聰明。

我接過黑色膝上襪。

然後像對東頭做過的那樣，用左手輕輕撐起結女的腳跟。

……腳背浮現出淡淡的青色血管。

腳趾甲一絲不苟地剪得整整齊齊。東頭的總是有點長。

我把黑色襪子套上去，遮起這一切。

等腳尖頂到襪子前端後，再把卡在腳踝的多餘布料往小腿拉上去。

找不到一個毛孔的漂亮小腿，與贅肉極少的纖細小腿肚，逐漸被黑襪遮起。

就在我伸手去拉襪子的鬆緊帶時，我心想「糟了」。

東頭總是穿只到小腿肚的長襪。

而這個是膝上襪——長度達到膝蓋以上。

換句話說，我替她穿襪子的手，會比替東頭穿的時候更靠近大腿根……

我偷偷往上瞄一眼結女的臉，只見她臉色如玫瑰般紅潤，注視著我的手。

現在才發現到了是吧？

對這傢伙來說，應該等同於私密部位受到有生以來最大的侵犯。我心想只要她叫我停手我就停，於是停頓了幾秒。

但她沒指示我住手，依然不作聲。

所以我也不作聲，只能繼續做完，就好像什麼都沒有注意到。

黑色布料蓋過白皙的膝蓋。

我緩慢而謹慎地，把捏著襪子的手往上挪。

就看到結女的手，緊緊抓住了床單。

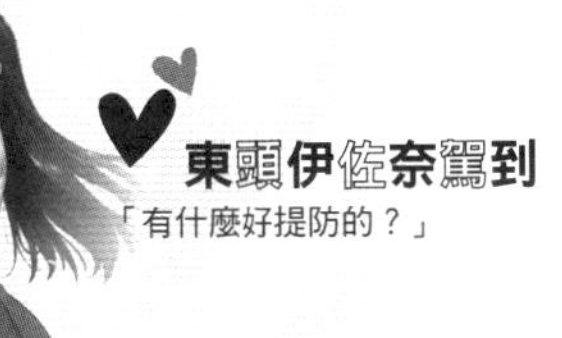

不能出任何意外……絕不能碰到她。

專注力足以媲美動心臟手術的外科醫師，我細心地移動指尖。

最後，襪子的皺褶全拉平了。

黑色布料從趾尖到大腿，全包覆得密不透風。

我喘口氣……放開勾著鬆緊帶的手指。

就在這時，我的指尖，輕輕陷入了結女大腿內側的嫩肉。

「——咿呀！」

霎時間，結女怪叫一聲抖動了一下。

我嚇了一跳，抬起頭來，只見這傢伙紅著臉猛一回神，急忙摀住嘴巴。

「……沒、沒什麼……」

我想也是。要是有什麼就慘了。

我往下看看自己的手。

想當然耳，襪子都是兩隻一雙。

「……另一隻呢？」

我用怕人聽見的聲量一說，結女也悄悄地說：

「…………嗯。」

然後，向我伸出光著的腳。

哎，也是啦。她都說沒什麼了。

我心如止水，把另一隻膝上襪套到結女的腳上——

嗡嗡嗡！手機震動了。

我與結女不約而同地嚇得肩膀一震，望向放著我手機的書桌。

嗡嗡嗡！嗡嗡嗡！手機斷斷續續地震動。怎麼了？是什麼的通知？

我看著結女的眼睛。

「……我可以去看一下嗎？」

「請……請便。」

結女回答，調離了目光。

我心裡鬆了口氣……為什麼換成這傢伙，就會變成這種狀況？

我下了床，拿起放在書桌上的手機。

是東頭的ＬＩＮＥ通知。

〈請救救我〉

◆

「得救了……我不知道該怎麼跟初次認識的大人說話……」

「大概是因為妳除了輕小說與自己的胸部之外沒有其他話題吧。」

「喔喔！有道理耶！」

東頭到一樓去上廁所，卻似乎不巧被老爸與由仁阿姨逮住了。然後就遭到對兒子風流史興味盎然的兩人一番逼問。

我與結女看到用ＬＩＮＥ傳來的求救訊號急忙趕去，好不容易才把人救了出來，但判斷繼續久留危險性太高，就請東頭早早回家了。

此時我正在送她回家。雖然這個季節日落比較晚不用擔心，就算是義務吧。

「兩位的爸媽已經完全把我當成了水斗同學的前女友，不知道這種誤會是怎麼來的？」

「妳還好意思講啊。」

「不過，感覺還不錯呢。被人誤會曾經有過男朋友的感覺實在太好了，害我忍不住擺出了一下女朋友的嘴臉。」

「喂！妳在讓狀況惡化！」

我身邊怎麼都只有惡劣的女生啊！

「哎，該怎麼說呢？只能說……」

東頭踏過夕陽餘暉落下的一個個影子，說道。

「就算是我，也實在不太願意回答『我只是告白遭到拒絕所以女朋友從來沒當成』。」

「…………」

「所以，這樣又有什麼關係呢？就讓我在誤會裡當一下女朋友吧。」

不過也只是前女友罷了——東頭如此低喃，輕盈地跳過電線桿的影子。

然後，用缺乏感情表現的眼睛，往上看著走在身旁的我的臉。

「水斗同學——我其實呢，還有點受傷喔。」

「……這樣啊。」

「所以，請你要好好安慰我喔。以朋友的立場。」

「妳說得對。」

我們走在一塊。

但是，不會牽手。

只是並肩而行罷了。

現在的她，要的就是這個。

「我真的很慶幸能認識水斗同學。」

「我也很高興能認識妳。」

「唔嘿嘿。兩廂情願呢。」

「是啊。」

「既然兩廂情願，要不要順便交往算了？」

「我看還是算了吧。」

「哎呀，我又被甩了。」

「呼嘿嘿——」東頭懶散地呼了口氣。

夕陽餘暉落下的影子，像是有所顧慮般躲著她。

我們不會牽手。

但仍然走在一塊。

或許，這就是最大的差異。

——要是沒有成為情侶的話……

事到如今我才知道，這是沒有意義的假設。

我與那女的，都絕不可能做到像東頭伊佐奈這樣。

「——怎麼了，水斗同學？」

東頭輕快地把頭轉向我，湊過來，直勾勾地注視我的臉與眼睛。

沒有臉紅，目光也沒有游移。

無憂無慮也無須掩飾，看著我的臉。

我感到一陣目眩。

一定是夕陽太刺眼了。

「…………抱歉。」

「咦！怎麼突然道起歉來了？那總之就買本書送我吧。」

「不要沒搞清楚狀況就要求賠償。」

抱歉，東頭。

真的很抱歉……我或是我們，都無法像妳一樣。

我倆並肩走在夕陽餘暉中。

我們的影子，向前長長地伸出。

事到如今只能說是年輕的過錯，不過我在國二到國三之間，曾經有過一般所說的男朋友。

聰明人聽我這樣說，應該就懂了。土氣程度無人能及的我一旦讓事情演變至此，有個問題必須火速盡快解決是不言自明的事。

沒錯。

就是穿著打扮。

我們開始交往前在不用上課的暑假期間相會過多次，但由於地點在學校因此穿的是制服。第一次約會是夏日祭典所以只要穿浴衣就很像樣了。足智多謀的我就用這種方法，巧妙地把問題延後處理。

可是一旦正式開始交往，這就行不通了。

雖說我跟那男的都不愛出門，就只是兩個約會只會逛書店或上圖書館的傢伙，但成為情侶後假日難免會約出去玩。

假日。

也就是，得穿便服。

得暴露出自己的真面目——我這個毫無時尚品味可言的人。

我連朋友都沒有，只能依靠雜誌與網路。

想東想西念念有詞，厚著臉皮跟媽媽要經費，鼓起勇氣闖進甚至從沒想過要進去的服飾店，被熱情地過來招呼的店員嚇壞……

就這樣，我總算穿起了這輩子的第一套約會決勝服。

當我對著穿衣鏡檢查自己的外型時，總覺得沒什麼真實感。

我不太能相信自己竟然精心打扮了一番，感覺就像在看一個換裝娃娃——或許是因為這樣吧，在缺乏自信方面倒是頗有自信的我，只有那時候如此心想：

很好，還算可愛。

那是我有生以來照鏡子時第一次有這種感想。因為本來就是吧？只有自戀狂照鏡子才會覺得自己可愛。自己覺得自己可愛的女人也未免太不要臉了。我恐怕一輩子都不會對自己有這種感想——我本來是這麼以為的，直到那一瞬間為止。

世上的各位男性，請你們務必謹記在心。

我們女生並不是自戀狂。

衣服可愛，跟**我**可不可愛是兩回事。

所以，或許那一瞬間，就是我初次產生女生自覺的時刻——得到了精心打扮之後會覺得自己「可愛」的感受性。就是對自己本身的評價另當別論，能夠單純辨識穿著打扮是否入時的審美觀。跟那男的開始交往，我才初次有機會獲得了這項能力。

硬要說的話只有一個問題。

那就是我的穿著品味，完全被調整成了「那個男人的喜好」而不是「一般男生的喜好」。

我等到上了高中才發現到這點，不過這件事就先擺一邊，回到正題吧。

約會當天。

看到平常規規矩矩地穿著長度及膝的制服裙子——換言之就是一整個土裡土氣的我，竟然穿著迷你裙把大腿都露出來，伊理戶水斗最終做出了以下反應：

——早。那我們走吧。

咦？

毫無感想？看到女朋友一反常態的便服？我是新手絞盡了腦汁才好不容易打扮成這樣耶？咦咦？我是他女朋友沒錯吧？

我一面故作平靜走在他身邊，一面頻頻偷偷觀察他的態度。

等了老半天都沒有要對我的便服發表感言的跡象，我慢慢地開始不安了。

……該不會其實很土吧？

我自己是覺得還滿可愛的，但我的感覺又不可靠……伊理戶同學很溫柔，也許是好心不提我整個人散發的老土品味……？

越想越有這個可能。

因為如果不是這樣的話，溫柔細心的伊理戶同學，是絕不可能犯下不稱讚女友打扮的這種典型失誤——才怪好嗎？那男的天性就是會犯這種典型的失誤。

當時的我具有認為天底下所有壞事原因都在自己身上的惡神型精神構造，一面沮喪地心想「原來其實很土啊，原來是這樣啊」一面還是與男朋友一起到處逛書店，在兼營的咖啡廳聊天，四平八穩地完成了這場約會。

就在氣氛準備見好就收，解散回家的時候……

——……今天的，衣服……

突如其來地，那男的說了。

——我覺得，很可愛。

——……咦……

我的笨腦袋，一時之間沒能跟上狀況。

為何選在這個時機？為何選在說再見的時候？

一堆問號在腦子裡亂跳，但看到他微微調離目光、用手遮住嘴巴的模樣，我反應過來了。

……啊！我懂了。

其實他很想稱讚我，但不好意思說出口，拖到最後約會就結束了。

——嗚啊……啊啊啊啊啊啊啊～～～！

背脊整個開始發癢了～～！現在回想起來，這是什麼羞死人的生物啦～～～～！

但當時的我並不知道將來會羞恥到打滾，只是感同身受地渾身發抖。

從一點小動作就能追溯出他的心理，讓我自己開心得不得了。

然而那男的當時，卻又補上了這句話：

——……不過，那個，迷你裙……以後希望妳，盡量少穿。

——咦……？你、你不喜歡……？

——不，不是，該怎麼說……

用一種粗魯的，好像是逞強故作不在乎的語調，他說了：

——……不過只要不是出門在外的話，是無所謂啦。

……？我又偏頭不解了。

這次，我一時無法猜透他的意思。

所以當時我只是隨口回答，就互相揮手說再見了。

走在回家的路上，我想了一下。

只要不是出門在外？也就是說，在室內的話沒關係？為什麼在外面不行？因為會被人看到？

…………因為有很多外人？

——～～～！

一想通的瞬間，一股熱量霎時衝上腦門，我拉扯了短裙的裙襬。

不希望我的腿，被其他人看到——他那句話，是這個意思。

還獨占欲咧，噁爛！

換作是現在的我早就這樣唾棄了，但誰教當時的我可憐沒人愛，其實有點嚮往成為別人想獨占的對象。

而且，還是他。

對事事顯得漠不關心的他，居然會這樣明顯地，向我表現出獨占欲。

後來在回到家之前，我的臉上一直帶著笑容。

然後，從此以後——我就不再穿迷你裙了。

◆

我與曉月同學，坐在位於路口轉角的植栽邊緣，望著眼前來往的人潮。

由於放假的關係，穿西裝或學生制服的人比較少見，幾乎都是便服。我莫名地感到有點佩服。現在才知道原來世上幾乎所有人，都具備了最起碼不用怕不能見人的穿搭知識。

「妳覺得會是兩者的哪一種？」

身旁的曉月同學突然這樣問我，於是我這麼回答：

「我覺得答案顯而易見。」

「那……妳覺得會是哪種類型？」

「嗯——蘿莉塔之類的？」

「不不，沒那麼誇張吧——況且聽說那種衣服很貴的。」

「那曉月同學妳猜呢？」

「索性穿制服。」

「喔，有道理……畢竟制服很方便嘛。」

「很方便啊——只要一想到沒制服可穿，就會覺得『天啊，麻煩死了～』。」

「等上了大學，就得天天早上煩惱要穿什麼喔？」

「天啊，麻煩死了～」

曉月同學哈哈笑起來，說：

「不過啊，還是先做好心理準備吧。」

「也是，以免真的來個蘿莉塔。」

「不過老實講我不知道這心理準備該怎麼做就是了。」

「的確……」

聊著聊著，就在人群中發現了我們正在等待的人。

我們一站起來，她就略顯焦急地用小跑步過來。

「對、對不起……！我遲到了嗎……？」

針對明明才跑了一小段距離就氣喘吁吁的她——東頭伊佐奈的穿著，我們無言地盤點了一番。

上半身是印著奇妙英文字的襯衫加皺皺的帽T。襯衫的英文字被胸部隆起的山脈繃成一條橫線，形成了更加難解的密碼。

下半身是丹寧褲。原本應該是鮮藍色，但經過多次洗滌而褪色，已經幾乎變成了天藍色。

確認過這幾點後，我們在心中做出判決。

「──……呼～──」

「咦，咦？怎麼了？什麼事情讓妳們放心了？」

「還好～就只是土氣而已。」

「本來還在想要是蘿莉塔服之類的該怎麼辦呢，只是普通土氣的話就還好。」

「咦！我是不是被霸凌了？妳們是不是在霸凌我？」

東頭同學（土氣妹）變得淚眼汪汪。

如果只是去附近超商的話穿這樣是無所謂，但像今天這樣跟同性朋友出去玩，穿這樣就不太對了。幸好約的是我們，否則早就被取笑說：「拜託喔，怎麼穿這樣啊～！（笑）」「俗到爆～！（笑）」──讓她變得只能一味陪笑臉。

「我要發表今天的行程嘍，東頭同學！」

曉月同學手指筆直地指向了東頭同學。

「命名為！『東頭伊佐奈大改造活動』！」

「咦咦……！」

東頭同學之前只得知假日要出來玩，一聽嚇得直翻白眼。

「因為進行伊理戶同學攻略作戰的時候，沒機會檢查妳的便服嘛。期末考結束後就放暑假了，我們想趁東頭同學在伊理戶同學面前丟臉之前幫妳想想辦法！」

「請問一下，為什麼認定我一定會丟臉？妳們應該沒看過我的便服吧……？」

「我想妳手頭應該不是很充裕，但不用擔心。」

我無視於她的發言繼續說下去。

「這次的預算由我與曉月同學各出一半。」

「咦……！那、那怎麼行，怎麼好意思讓妳們出錢……！」

「沒關係沒關係！就當作是我們給妳的錢別嘍！」

「沒錯沒錯……不過代價是，妳必須答應我們開的一個條件。」

「什、什麼……條件……？」

我與曉月同學微微一笑，齊聲說了：

「「我們推薦的衣服妳不准抱怨，一定得穿。」」

「噫欸……」

沒錯。

今天集合的目的就是「東頭伊佐奈大改造活動」，或者應該稱為「拿東頭伊佐奈當換裝娃娃找樂子活動」。

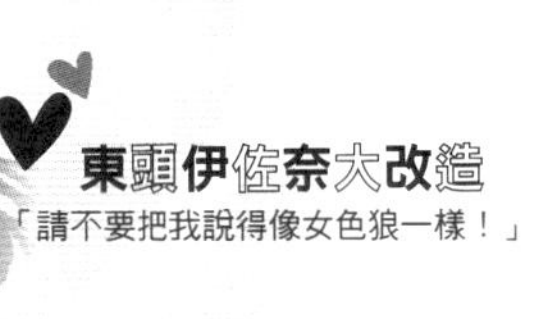

「別擔心別擔心，不會讓妳穿太嗆的衣服啦～對不對，結女？」

「是呀，當然了。不會穿到妨害風化的程度啦。」

我們一邊走在購物中心一邊再三強調安全性，但東頭同學就像被狼盯上的松鼠一樣簌簌發抖。

「妳、妳們不會騙我吧……？不會讓我穿露肚臍的衣服什麼的吧……？」

「不會不會！就算是夏天，穿那樣豈不是女色狼一個～！」

我們開朗地笑著，走進服飾店。

月曆翻到了六月，氣溫也漸漸升高了，因此這類商店裡也變得擺滿了夏日服飾。

在琳瑯滿目的清涼配件中，曉月同學馬上就叫了一聲「哦！」，從架子上拿起了一件上衣。

「找到小可愛了。」

「暫停！那是我最穿不得的類型！胸溝會看光光的！」

「廢話少說！叫妳穿妳就穿——！」

曉月同學突然變得像是家暴父親似的，拿起附近一件跟泳衣沒兩樣的熱褲，跟小可愛一起塞給了東頭同學。

「我、我得穿這個嗎……？這樣會變得像恐怖片裡負責賣肉的女角耶！認真的嗎？妳們是不是瘋了？」

「不准抱怨！」

「一定得穿！」

「噫欸欸欸～……！」

我們倆七手八腳地推著東頭同學的背，把她塞進試衣間。

我們手臂抱胸站崗了一下後，她可能是死心了，就聽見布簾後方傳出衣物摩擦的聲響。

「……嗯……！等……這，有點小……嗚嗚嗚～……！」

「要不要我幫妳呀～？」

「不、不用了，謝謝妳的好意……！聲音聽起來好下流……！」

「嘖！本來想看她光溜溜的特大號豪乳的說。」

「也太順從慾望了吧。」

雖然我也有點想看。

後來過了大約一分鐘，布簾後方傳來心驚膽戰的聲音：

「那、那個……我穿了……周、周圍沒有任何人在吧……？」

「沒有喔——只有我們——」

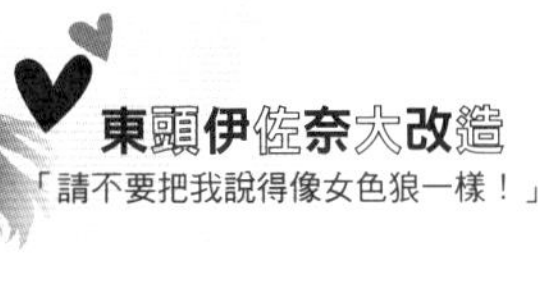

「真、真的嗎？我相信妳喔……？就信妳這句話喔……！」

說完後又隔了大約十秒，布簾唰的一聲拉開了。

看到東頭同學的亮相，我與曉月同學，都咕嘟一聲倒吸一口氣。

小可愛雖被綳得快爆開，但仍勉強包住了東頭同學的豐滿雙峰。

但是作為代價，衣襬變得不夠長，肚臍完全露了出來。

熱褲尺寸好像也不合，陷進豐腴的大腿肉——

一句話形容就是……

「「有～～～～～～～～夠猥褻…………」」

「所以我不是說了嗎！」

東頭同學邊叫邊拉起布簾。

猥褻到讓人無言的地步。

穿成這樣在外面走動會以散布猥褻物品罪被警察抓的。

「我媽跟我再三交代……叫我不准穿太暴露的衣服……說我的身材已經不是性感而是下流了……」

「妳媽媽真了解妳……」

「我倒是滿喜歡的喔。不過也不能讓東頭同學因為女色狼罪留下案底嘛。」

要挑比較保守的衣服，就輪到我出場了。

這是因為我可是身為女高中生卻堅持不肯露腿而聞名的女人呢（朋友圈內）。

我把店裡的架子看過一輪，挑了還算不錯的款式，回到試衣間前面。

「這件怎麼樣？領口比較窄，不會露太多。」

「嗯——好像有點耍小心機，但也不錯吧？感覺挺清純的。」

「……我的品味像在耍小心機？」

「結女妳沒關係啦！妳很可愛所以可以接受！」

耍小心機啊……這樣啊……

雖然覺得有點在意，反正得到了曉月同學的許可，我就把拿來的衣服交給試衣間裡的東頭同學。

「嗯，這個的話還好……」

在一陣窸窸窣窣與衣物落地聲後，布簾拉開了。

「……怎麼樣？」

是五分袖襯衫搭配高腰裙的簡約穿搭。

曉月同學剛才說「感覺很清純」，其實是因為我配合東頭同學的個性選了低調的配色，白襯衫配深藍色裙子。因為那男的也是這樣所以我知道，像她這樣的類型就是會排斥亮色系。

有聽說過胸部大的女生最煩惱的就是穿什麼都顯胖，於是我試著挑選了修飾腰部線條的高腰裙。

事實上，多虧襯衫下襬塞進裙子裡的關係，東頭同學形狀渾圓的大碗形雙峰清晰地浮現……

「「有～～～～～～～夠猥褻…………」」

「到底要我怎樣啦！」

東頭同學漲紅著臉蹲下去。一加上害羞的表情看起來更猥褻了。

我與曉月同學都雙臂抱胸，「嗯嗯——」發出呻吟。

「真是個難題耶，結女……」

「是呀……穿什麼都會變得很色……」

「不要再說了……！請不要把我說得像女色狼一樣！雖然我多少也有點自覺！」

東頭同學終於拉起布簾，躲到試衣間裡去了。裡面開始傳出窸窸窣窣的衣物摩擦聲。她在脫那件清純又色情的衣服嗎？好猥褻。

「不管怎樣，看來得先消除她那G罩杯的存在感才能再做打算……不是看起來顯胖就是變得像電玩角色一樣，兩者擇一。」

「原來巨乳女生也有她們的難處啊。我這輩子還是第一次對巨乳產生憎惡以外的心情呢。」

「妳本來是憎惡巨乳的情緒化身？」

「乾脆做個乳袋也未嘗不可喔！難得有這機會，就偏向二次元好了！」

「乳……什麼？」

「就是這種的。」

曉月同學用智慧型手機，顯示某個動畫的圖片給我看。美少女的胸部明明隔著衣服，形狀卻仍然完整地浮現出來。

「這會不會違反物理法則了？」

「我覺得現實中想做的話也是有辦法的喔。反正東頭同學也喜歡這種的，應該會很高興吧——？」

「請不要把現實與虛構混為一談好嗎！」

東頭同學猛地拉開試衣間的布簾，一身原本的打扮走了出來。

「我不得不說，敢弄出乳袋在外頭走動的人腦袋都有問題！怎麼想都太沒羞恥心了！根本是還沒吃禁果的亞當與夏娃！」

「這樣說反而像是很厲害的人耶，沒關係嗎？」

「呿——本來想讓東頭同學玩Cosplay的說——」

「Cosplay！……的話，女僕裝之類的可以接受……」

「還真的能接受喔？」

「原來妳對Cosplay有興趣啊……」

「沒、沒有！一點都沒有！」

讓再怎麼否認都已經完全穿幫的東頭同學加入，我們再度把店裡逛過一圈。

穿寬鬆衣物可以掩飾胸部線條，可是不審慎挑選的話會顯胖。

可是如果縮窄腰部線條，又會不必要地凸顯出胸圍……

嗯——真難。

「我覺得還是輕柔飄逸系比較好吧？」

「輕柔飄逸？」

「那是什麼？」

「硬要說的話，比較接近結女喜歡的穿搭吧。」

我低頭看看自己的穿著。

今天是白色女襯衫搭配米色花苞裙。我大多容易挑選淡色系，除了因為黑色長髮本身看起來比較沉重，再來就是——跟那男的交往時，他總是穿偏黑色的衣服。情侶兩個人都穿得

一身黑實在不好看。

「應該說整體輪廓比較輕柔吧。結女不是也不太喜歡顯現出身體線條嗎？就像妳這樣，上半身選尺寸比較大的，下半身也選輕飄飄的裙子……再來就是高丘褲？我覺得也很適合東頭同學的氣質喔。反正妳總是在恍神放空嘛。」

「嗯——的確。」

「我有恍神放空嗎？」

東頭同學愣愣地偏了偏頭。明明就有。

我覺得還不錯，但曉月同學露出遇到難題的表情。

「可是啊～會跟結女重複到耶～」

「重複不行嗎？」

東頭同學又偏著頭了。曉月同學笑著說：

「當然不行嘍～！兩個輕柔飄逸系女生走在一塊不覺得有點恥嗎？」

「也就是說不只是適不適合，還得考慮到跟別人搭不搭調嗎……」

「啊，東頭同學妳臉上寫著『好麻煩』喔。對啊，就是很麻煩。歡迎來到女生的世界。」

「我越來越不想跟這個世界有太多瓜葛了……」

「我們沒斯巴達到會一開始就叫初學者顧慮那麼多啦。對不對，結女？」

「咦？」

我不太明白曉月同學忽然扯到我的理由，回看她的臉。

「既然問題在於這樣會跟結女重複到——那麼只要結女貼心地做出一點小差異就行了，對吧——？」

「咦……？妳、妳說我嗎？」

「沒錯！就趁這次機會來開拓新的時尚路線吧！」

太、太大意了……原來這才是她的目的！

曉月同學平常就總是想讓我穿帥氣系的衣服。都跟她說我不適合那種衣服了！

「穿哪件好呢——♪這件好嗎——♪」

我還來不及阻止，曉月同學已經開始挑選細長型的褲子了。

這、這樣不對吧！今天明明是東頭同學大改造活動！為什麼變成是我！

可能是原本就看中了幾件，曉月同學一眨眼就選好了一套穿搭，把衣服塞給了我。

「那麼，妳穿穿看吧♪」

「我、我就……」

「穿、穿、看、吧♪」

我輸給她不容分說的笑臉，轉而對東頭同學投以求救的視線。

……一扭頭，東頭同學看向別處去了。

太、太無情了吧！想找人墊背就這樣！

「來吧來吧來吧！進去進去！啊，頭髮要綁成一束喔！這樣比較搭！來，髮圈給妳！」

被曉月同學連聲催促，我被一步步推進了試衣間。

我看看穿衣鏡裡的自己，再看看手上的衣服。是我平常會避開，清楚顯現身體線條的款式。嗚，嗚嗚嗚……！把這種衣服塞給不久之前連穿制服都不好看的女生，又能怎麼樣嘛……

總之只要試穿個一次，曉月同學應該就滿意了吧……只能這麼想了。

我迅速脫掉穿來的衣服，換上她給我的衣服。

上面是偏藍色的無袖款，下面是白色窄版褲——緊身褲。雖然完全不暴露，但會清楚凸顯腿部線條。

我照她說的把頭髮也綁了起來。覺得綁馬尾會跟曉月同學重複，於是在脖子高度綁成一束垂到肩膀前面。

不知道算好看，還是不好看……即使照鏡子看了完成的造型，還是有點難以判斷。

現在的我沒有判斷標準。

更正確來說……是沒有想穿給他看的對象。

以前我會想讓一個人，看到我精心打扮的模樣。所以我都是想像著他的反應挑選他可能會喜歡的配件，彌補我缺少的品味。如今我失去了這個標準，就跟東頭同學一樣是個穿搭初學者——連怎樣才算是大功告成都不確定。

……算了，管他的。

我懶得再想，有點自暴自棄地拉開了布簾。

「……怎麼樣？」

曉月同學與東頭同學，注視著我的模樣半晌後——

「哦哦哦哦哦～～～！」

「好帥喔……！」

結果大受好評。

曉月同學興奮得滿臉通紅，東頭同學兩眼散發嚮往般的光彩。

咦咦……？好看嗎？真的？

「我就知道妳穿這種的會好看，因為妳身材修長嘛！適合穿白色緊身褲的女生很少的，我是說真的！」

曉月同學講話變得很快，看來說的是真話。

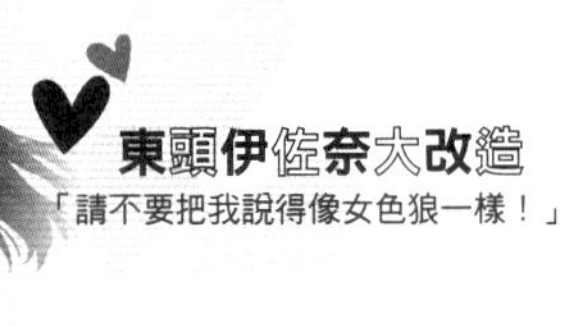

我心裡開始發癢了。

以前穿搭對我來說，是為了不在異性——應該說在那男的面前丟臉。可是，像這樣跟同性朋友一邊討論一邊試穿各種衣服……嗯，感覺還不賴。

我重新看看穿衣鏡。

換上了修長褲裝造型的自己，看起來好像成熟了大約三歲。

看到這樣，就會覺得至今的打扮有點孩子氣，或者說有點太女生了，又或者說有點太在乎男生的眼光……

像這種打扮，意外地，好像……也不錯？

我看看價格標籤，發現意外地還滿好入手的。最近我慢慢地又跟那男的開始互相借書，省下了一點書錢。況且多虧閱讀興趣本來就不太花錢，讓我的零用錢有點花不完……嗯，好吧，機會難得嘛。

「……我去請店員把標籤剪掉。」

「唔呼呼呼！美夢成真嘍！」

反正也不能老是照國中時期的那套穿著品味，這是個好機會……況且我也不再需要配合那男人的口味了。

「那麼換壓軸登場嘍！東頭同學！來，這給妳！」

我去跟店員結帳剪標籤時，曉月同學已經挑好了給東頭同學穿的衣服。

塞給東頭同學的衣服，整體配色屬於暗色系。大概是為了怕顯胖而避開了膨脹色吧。

「這、這個嗎……？對我來說，好像有點太可愛了……」

「當然嘍，就是要讓妳穿了變可愛啊！好了啦，進去進去！」

她把畏縮不前的東頭同學推進試衣間，拉起布簾。

東頭同學也是，我希望她能學會享受穿搭的樂趣，而不是為了談戀愛。我想這樣應該多少能改善她的缺乏自信……況且以目前來說，我感覺她有點太依賴那個男的了。雖說只要他們倆覺得無所謂，我也無權插嘴就是了。

我一面想著這些事，一面與曉月同學兩個人，在試衣間門口等她換好衣服。

就在這時……

「咦？妳們……」

聽到熟悉的聲音，我們轉過頭去。

我頓時嚇得渾身僵硬。

兩個男高中生，從服飾店外面看著我們。

其中一個髮梢稍微玩點造型，用七分袖與七分褲營造出頑童氣質。

是我們的班上同學兼曉月同學的青梅竹馬——川波小暮。

另一個則是成反比，穿著穿舊的背心、襯衫與皺巴巴的卡其斜紋棉褲，一副覺得世間一切都很無趣的眼神。

是我的前男友兼繼弟——伊理戶水斗。

不知為何，跟我們孽緣匪淺的兩人出現在那裡。

「川……川波？」

曉月同學不知為何，臉孔輕微抽搐。

「你怎麼會在這裡？還帶著伊理戶同學……」

「還能幹麼，就來買衣服的啊。夏天到了嘛，想趁期末考地獄開始之前，替伊理戶同學家裡的水斗同學挑一套夏季服裝。」

「我可沒拜託你……」

水斗用厭煩透頂的語氣說道。

川波同學咧嘴一笑，把手搭在他的肩上說：

「別這麼說嘛。我會把你打理成今夏最強型男的啦！」

「就跟你說不需要。可惡，當初不該選在你家過夜的……」

「應該是大成功吧？不但替你爸媽安排了時間，我還買衣服送你耶？」

原來如此。才在奇怪他難得會跟川波同學出門，原來是被人家拿留宿的人情當談判籌碼了。

……話說回來，水族館約會的那套型男模式，該不會還有夏季版本吧？我、我有那麼一丁丁想再問得清楚一點……

「哦！」川波同學揚起眉毛，往我這邊看來。

「伊理戶同學，給人的感覺跟平常不一樣喔。超帥氣一把的。」

「是吧──！看來就算是你也識貨呢──懂得它有多棒！」

「什麼叫做就算是我啊。是說怎麼是妳在得意啊！」

被川波同學一說，我才想起一件事。

我現在的一身穿著，跟平常──國中時期完全不一樣。

水斗瞄我一眼，然後變得全身僵硬。

以往我的穿搭，說穿了不過是我國中時期徹底配合這男人的穿著方式，所做的進一步延長──但現在的我，完全不是了。

雖然曉月同學與東頭同學都說很好看──不不，振作一點，要有自我主張！就算這男的覺得不好看又怎樣？跟我一丁點關係都沒有。穿我自己喜歡的衣服就對了。

好啦，說說看你的感想吧。不管你說什麼都傷不到我的──就在我做好準備與人拚命的心態時……

一扭頭。

水斗立刻調離了目光。

……果然不合他的口味？

喔，是嗎？那又怎樣？隨便。

「嗯？」

無意間，川波同學視線望向我們的背後。

那邊是拉起了布簾——東頭同學正在換衣服的試衣間。

「還有人跟妳們一起？」

「沒有沒有，我們不認識！我今天是跟結女約會——！」

咦？

曉月同學一邊胡扯一邊過來勾住我的手臂。同時，在我耳邊小聲呢喃：

「（結女，不能讓這傢伙跟東頭同學碰到面！）」

川波同學跟東頭同學？

我不太了解是什麼情形……總之先識相地閉起嘴巴吧。

「是喔……」

川波同學似乎是相信了，視線離開試衣間。

剛好就在曉月同學偷偷安心地呼一口氣的瞬間，事情發生了。

——喀嚓！

從我們的背後，試衣間裡面，傳出了手機拍照的音效。

「「……嗯？」」

然後，隔了一小段空白後。

嗡嗡！——先是某處傳來短促的震動聲，接著水斗從口袋裡拿出了手機。

然後，用一副沒睡飽的眼神看著螢幕。

就這麼凍結了幾秒鐘。

接著，他略瞥了一眼東頭同學待著的試衣間。

「「……嗯嗯？？？」」

不會吧？我腦中閃過這個念頭。

曉月同學大概也做了同一種推測。

難道說，東頭同學，剛才——

「哦？ＬＩＮＥ？誰啊？」

「……我爸啦。」

水斗若無其事地拉開距離，不讓川波同學看到手機螢幕。

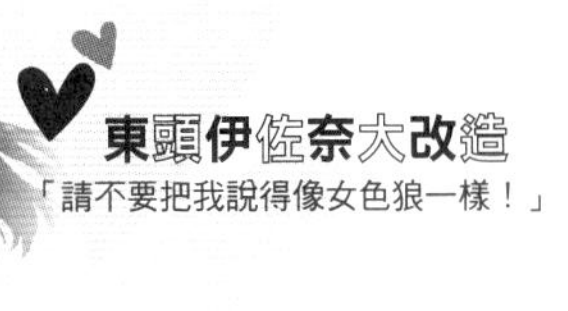

他用細瘦的手指迅速打好可能是回覆的文字後，說：

「別浪費時間了，川波，趕快把事情辦一辦吧。我想早點回家看書。」

「是是是。好吧，畢竟是你在配合我的興趣嘛。那我們走啦——」

水斗急急忙忙地快步離去，川波同學則是輕輕揮手，就消失在購物中心的人群中了。

目送他們的背影離去後，我與曉月同學才慢慢轉頭，看向試衣間——

——唰！霍地拉開了布簾。

「呀啊啊！怎、怎麼了！」

東頭同學嚇得肩膀一跳——有穿衣服。

微V領襯衫輕柔地套在身上，衣襬塞在花苞裙裡。是曉月同學叫她這樣做的，不但能讓胸部不顯眼，又能修飾腰部線條。

配色上半身是偏綠的卡其色，下半身是近乎棕色的米色。雖然有點樸素，但樸素一點或許比較適合東頭同學。

給人的印象就像奇幻作品裡的純樸村姑，我覺得很適合東頭同學，不過現在先不管這個。

我與曉月同學的視線，盯住她緊抱不放的智慧型手機。

「……看來並沒有違反公序良俗喔。」

「看來她還沒色到那麼誇張的程度。」

「咦？咦……？」

東頭同學用困惑的視線輪流看我們倆。

假如東頭同學在試衣間此一密室裡半裸握著手機，那就是最糟的狀況了；不過東頭同學似乎並沒有那麼衝動。

「看來是我們太早下定論了。那就不講妳一頓了，東頭同學。」

「對啊。雖然妳沒問過我們的意見就這樣做讓我略有微詞，但我也不是不能體會妳想第一個給他看的心情，就原諒妳吧。」

「咦！……妳、妳們怎麼，知道……？」

曉月同學先用眼神制止她繼續追問，然後問道：

「所以呢？怎麼樣？他的評價是？」

「……呃，這個嘛……」

東頭同學用握在手裡的手機遮住嘴巴。

但是沒完全遮住，輕易就能看出嘴角在不爭氣的偷笑。

這下不用問也知道了。

她頻頻抬眼偷瞧我們，怯怯地說：

東頭伊佐奈大改造

「請不要把我說得像女色狼一樣！」

「……我可以……買這件衣服嗎？」

「可以。」

曉月同學莫名高傲地點頭了。

接著我也點點頭，於是東頭同學看看手機螢幕，又開心地開始偷笑。

……好吧，無論出發點是以什麼為標準——以誰為標準都行。日後再慢慢做出自己的標準就好。

「……嘿嘿……♥」

我看著開心地看看手機又看看穿衣鏡的東頭同學，覺得她還真是毫釐不差地跟我走上了同一條路。

「……東頭同學，可以問妳一個問題嗎？」

後來反正都出來玩了，我們三個就一起逛了購物中心。

途中曉月同學去上洗手間，我趁這機會下定決心，向她提出了問題。

與我並肩坐在長椅上的東頭同學，舔掉嘴唇沾到的可麗餅鮮奶油，說：「啥麼問題？」轉向我這邊。

「那個……東頭同學妳……講了半天，是不是還喜歡那男的？」

「妳說水斗同學嗎？」

我點點頭。

那是這個月才剛發生的事。東頭同學被水斗甩了以後，擺脫傷痛的方式看起來爽快得令人驚訝。可是，又經常像剛才那樣，表現得好像還喜歡著他——特別是在水斗本人看不到的地方。

結果，到底是哪一個？

是還喜歡著他，還是已經放下了？

「我還是喜歡他啊。」

東頭同學津津有味地咬著可麗餅，回答得乾脆。

「因為我之所以喜歡上水斗同學，並不是因為他有可能成為我的男朋友啊。我想之後我應該會繼續正常喜歡他吧？無論是以朋友還是一個男生來說。」

「那妳不會……」

我稍微有點猶豫。

「……覺得，難過嗎？」

「這就難說了喔？至少以朋友的身分待在一起，甚至比以前還開心喔。因為不用再隱藏

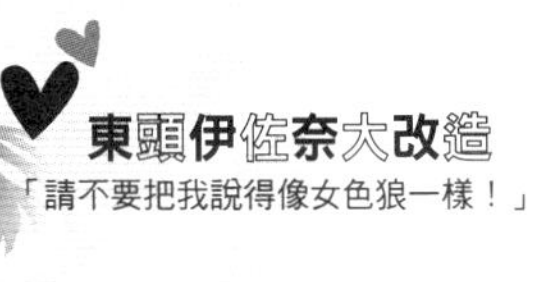

我對他的好感了。」

「可是，假如……」

我回想起不久之前的自己。

「……那傢伙，交到女朋友的話呢？」

「嗯——那樣的話，或許會很不甘心吧。雖然我也知道有點不自量力，但難免會覺得好像是自己輸了。可是，我想水斗同學大概就算有了女朋友也不會跟我保持距離，所以那也沒什麼不好啊。雖然也得等到真的發生了才知道……」

「不如說，」東頭同學接著說：

「水斗同學交到其他朋友，我可能會比較吃醋。」

「咦？」

「跟水斗同學聊得最來的是我！他卻在我不知道的情況下跟我不認識的人玩得高興，一想到這種可能性，我就……！唔唔唔，光是想像都讓我生氣！」

東頭同學大口猛咬，把可麗餅一口氣吃光光。

咦咦？怪了？……啊，我懂了。東頭同學跟我們不同班，所以不認識川波同學。

是這麼回事啊……這下我終於明白，曉月同學為什麼說不能讓東頭同學與川波同學碰到面了。

「……對女朋友不吃醋，卻對朋友吃醋？」

「就是覺得好像被人擅闖地盤了。這是否也能說是一種睡走？……結女同學應該也是吧？比方說有一天，突然冒出一個水斗同學被拆散的妹妹——妳會有什麼心情？」

「……這……」

一種難解的感情，在我心中盤旋。是會悶悶不樂沒錯，但跟我以為東頭同學有可能成為水斗女朋友時的心情，有著些微不同。

不是排斥、不甘心，或是生氣，而是……

「……我會害怕。」

東頭同學低頭看著可麗餅吃完的包裝紙，說了。

「一想到我只有水斗同學一個朋友，水斗同學卻有很多朋友能取代我——就莫名地覺得很害怕、寂寞。」

啊啊。

我真的，真的，很能夠體會。

體會那種失去原有的地位，在世界上落單的恐懼。

我懂了……她並不是想獨占水斗。

只是怕水斗的心中，不再有自己的地位。

東頭伊佐奈大改造
「請不要把我說得像女色狼一樣！」

……可是，我提出疑問。

這樣，真的好嗎？

一直依賴、倚靠他，向他撒嬌……這樣，真的……

「東頭同學。」

「什麼事？」

「嘴巴沾到鮮奶油了。」

「啊嗚。」

我拿面紙幫東頭同學擦了嘴巴。簡直像在照顧小嬰兒一樣。

她說「我只有水斗同學這個朋友」。

可是今天，伊理戶水斗並不在這裡。

她的衣服，是我與曉月同學動腦挑選的。

「東頭同學。」

所以，我說了。

「我們也是朋友啊。」

「咦，啊……」

東頭同學目光鬼鬼祟祟地四處游移，紅著臉蛋……偷偷觀察我的臉色。

「可……可以嗎？」

她這樣徵詢我的同意。就跟買衣服的時候一樣——其實根本沒這個必要。

「當然。我早就把妳當成朋友了。」

「那、那個……可是！」

東頭同學激動地說，用力握緊了手——但隨即失去力量。

結果，還是很小聲地低喃：

「……還是不能，代替，水斗同學……」

這句反駁絕對夠嗆。

但我沒受到打擊。

「嗯，我知道。」

因為我大概就跟妳一樣，或是比妳更……

◆

我與曉月同學還有東頭同學告別回家後，看到不才繼弟早就回到家了。

我一聲招呼都不打，就對著坐在客廳沙發看書的男人背後問道：

「怎麼樣？」

「什麼怎麼樣？」

「東頭同學。」

水斗只轉頭瞥了我一眼。

「……哎，應該還不錯吧。」

「就不能清楚明白地說人家可愛嗎？……然後呢？東頭同學她怎麼說？」

水斗露出一副感到不耐煩的態度，拿起桌上的手機滑了兩三下，接著再把螢幕拿到我面前。

是他跟東頭同學的ＬＩＮＥ聊天畫面。

對於水斗四平八穩的稱讚話，東頭同學傳來了以下回覆：

〈只要１０００圓就能再看一張！〉

……這個女生真是的。

在我們面前表現出的反應，為什麼就不能表現給水斗看？

無法坦率表達心意，真是一種吃虧的個性。我都忍不住同情她了。

「……是說，這張照片裡的東頭同學，為什麼要用手機遮住眼睛？」

「不知道，妳問她啊。」

「我覺得不會得到什麼像樣的回覆……」

感覺好像在社群網站上傳猥褻自拍的人——我勉強把這種感想吞了回去。因為這麼說就中了東頭同學的下懷。看來還是得講講她才行。

——就在這時，我感覺到一股視線。

「？」

「…………」

我往水斗一看，他正好也在這時別開目光。

……他在看我？

我是直接穿著新衣服回來，所以現在是曉月同學推薦的褲裝造型——剛才在外面撞見時，這男的完全沒給半句感想。

本來還以為，那是因為不合他的口味。

「哦～……？」

「…………」

我繞到沙發前面，站在水斗的視線範圍內看看。

水斗只顧著看書，堅持不肯看我。

我已經沒必要配合這男人的口味了。

我已經沒必要拿這男的當判斷標準了。

但是，這跟那是兩回事。

我不慌不忙地拿出自己的手機，擺橫擋住自己的眼睛看看。

就像東頭同學的照片那樣。

「……喂。」

水斗聲音微微顫抖，嘴角抽動幾下。

「妳這是在幹麼？」

「什麼意思？我只是在從比較高的角度看手機啊。」

「想聽我說什麼話，請妳明講。」

「沒有啊？應該是你有話想說吧？」

水斗嘴角帶著一抹苦澀，把頭轉向一邊，口氣粗魯僵硬地說了：

「哎，這種的，也不難看啦。」

「哼哼。」

我得意洋洋起來。水斗顯得很不服氣。

我已經沒理由不穿迷你裙了。

無論我多愛露腿，這男的都沒資格抱怨。

但話說回來……扯掉這個男人的撲克臉，還是很有意思。

這份樂趣，恐怕很難輕易拱手讓人了。

友。

事到如今只能說是年輕的過錯，不過我在國二到國三之間，曾經有過一般所說的女朋友。

所以我知道，耶誕節、情人節、新年、生日加上紀念日——活在繁忙行程當中的情侶們，特別是學生情侶，會迎接一項其他情侶沒有的特殊定期活動。

每隔幾個月一次，一年多達四到五次的此一活動，沒錯——就是「準備考試」。

等一下。

也許有人正在想「準備考試哪裡是活動了」。我彷彿可以聽見有人在說那種事情根本是下地獄受苦，以活動來說拷問度未免也太高了。這我可得說聲抱歉了。沒跟男女朋友一起開過讀書會的人會這麼想無可厚非。

沒錯。

那種事情，就只是下地獄受苦兼拷問。

記得那時我們才剛開始交往一陣子，大概是在國二下學期的期末考前夕吧——對於上一回，也就是期中考時發生的意外，我們產生了危機意識。

是指那女的暗地裡祭拜我的橡皮擦那件事嗎？不，雖然那的確也是一件令人作嘔的真實事件，但當時的我對那件事並不知情——我說發生的意外，是更具有現實性的危機。

也就是成績退步。

沒有到顯而易見的地步。我想差不多就是平均80分降到了75分吧。但是對於剛開始交往腦袋發燒（後來腦袋又持續發燒了幾個月，但這個時期特別嚴重）的我們來說，這份意義重大的數據足以潑我們一桶冷水。

再這樣下去就糟了。

面對即將來臨的期末考，我們有了此一共同見解——因此作為解決方案，我們採用了以下策略：

一言以蔽之——就是只在公共場合一起念書。

不是，不要一起念書不就得了？

還請各位忍住這句吐槽——剛開始交往的國中生情侶，都是嚴重缺乏判斷力的。你們以為這種合理的正確論調能通用嗎？用異常的態度對付異常的人事物才叫聰明的作法。

總之，等考試期間結束後再來耍甜蜜吧。

我們做下這個決定後，選上了離家稍有距離的圖書館作為主要念書地點。因為與我們同

校的學生很少會去那裡，最重要的是館內規定必須保持沉默。

從我們在暑假期間相會過多次就知道，學校的圖書室有種允許學生小聲交談的氣氛——從這點而論，若是換成當地陌生人聚集的公共設施，縱然是厚顏無恥……抱歉失言，就算是國中生情侶也很難放膽聊天。

——……………………

——……………………

我們儘管相鄰而坐，卻一言不發，四周只充斥著翻頁聲與自動鉛筆書寫的聲響。

這才是準備考試應有的態度。其他行為都是不必要的。完全不需要竊竊私語吃吃偷笑、毫無意義地用手肘互碰，或是假裝小指湊巧碰在一塊。我們取回了準備考試的正確作法。

然而，這當中有個陷阱。

我們沒察覺到，像這種必須顧慮到他人目光，而忍住不做出親密舉動的狀況——對於愚蠢又花痴的國中生情侶來說反而更危險。

第一個有動作的，是綾井。

——……伊理戶同學，這裡……

綾井指著教科書小聲說完，才又猛一回神急忙環顧四周。幸好沒被任何人聽見，但在這寂靜空間中即使是正常小聲說話也會變得很響亮。

我拿起筆想問她要不要筆談，但綾井已經有些心急地偷看一下我的臉……然後把坐著的椅子拖向我身邊來。

我們的肩膀相觸了。她的髮絲飄出一股甜香，輕撫般地鑽進我的鼻腔。我不由得當場僵住，而綾井就好像對著我耳朵吹氣一般，小聲呢喃：

——這裡……你會嗎……？

寂靜之中，直接傳進耳道的聲音，使我的腦髓深處一陣酥麻。

在有著他人目光的場所，不能說話的場所，不能有肢體接觸的場所。

正因為像這樣，我們讓自己受困於這種環境，使得她那從極近距離內撞進大腦的聲音，造成了過於強烈的刺激。

虧我一直在忍耐。

虧我明明想跟她說話，想進行身體接觸，還努力忍著將這些想法趕出意識之外。

也不知是出於抗議還是什麼，我懷著亂七八糟的情感看向身邊的人，霎時間，目擊到了那一幕。

綾井像是心急難耐地抿著嘴，好像懷著某種期待，目不轉睛……抬眼望著我。

方法的話，應該多得是才對。

可以用筆談的方式，也可以用手機。如果只是想問問題，根本不用做出在耳邊呢喃這種

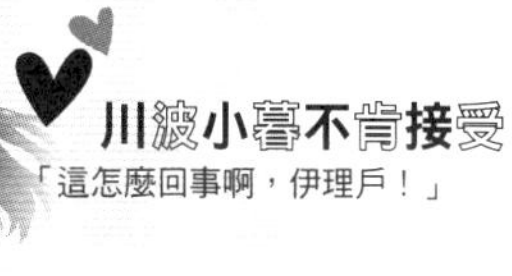

不符綾井作風的舉動。

塗了護唇膏，帶有低調光澤的粉嫩嘴唇，留在視野中央不動。

——……看教科書，有點，不太好懂。

總之，在這裡不方便。得先離開這裡才行。

——我們……去找參考書吧。

——……嗯。

情侶這種東西，真的有夠爛的。

不懂得看時間與場合，隨時隨地動不動就發情。真是丟盡了以智慧為最大特長的人類的臉。

單論這一點，我相信我與那女的一定抱持相同意見。

——……嘿嘿。

在大型書架的後方，綾井呼出的淡淡氣息，輕輕地撞在我沾到少許護唇膏的嘴唇上。我懷著一種出神沉迷的心境，注視著她那遮羞般的靦腆笑容。

——對、對不起喔？那個……打擾你念書……

——不會……只是覺得很意外，原來綾井這麼色。

——才、才沒有……！……好吧，也許有……

綾井如此說著，手臂繼續環著我的脖子，嘴角微微綻放。

真是，女人怎麼會如此善變？在這四個月之前，明明還純潔到好像連怎麼生小孩都不知道。

而我，也沒好到哪去。在這四個月之前，明明對女生絲毫不感興趣——如今，卻輸給了如此單純的誘惑。

就在綾井的長睫毛，再次下垂的瞬間……

——……唔哇……！

只聽見一聲音量小，但嗓音高細的驚叫聲。

我們像被電到般猛一轉頭，看到那裡有個大約小學中年級的小女生。

那女生漲紅了臉，雙腳踉蹌打結地從我們面前逃走。

——…………

——…………！

尷尬的沉默氣氛飄過現場，我看到綾井的臉，像水果成熟般變得越來越紅。

我們不約而同地，動作極輕地，好像什麼事都沒發生似的與對方分開。

——……呃，這個……

綾井面紅耳赤地低垂著頭。我不知道能對她說什麼。不過，好吧，或許可以慶幸是一個小女生看到我們。只是說不定她會把這件事當成一輩子的回憶就是了。

用被人潑了桶冷水的腦袋苦思了半天，我只能這樣說：

——……總之，我們離開吧。

——……嗯。

當然，成績幾乎沒有進步。

受到這種羞辱竟然還沒做出成果，除了拷問之外還能怎麼形容？

◆

七月。

煩人的梅雨季早已遠去，制服也到了換季的時候。所有學生都換上了開放風格的短袖穿著，校內卻日漸充斥著與解脫感正好相反的緊繃情緒。

理由自不待言。

「東頭——妳期末考沒問題嗎？」

放學後，我照常前往圖書室的窗邊，看到穿著短袖襯衫加無袖學校背心的東頭伊佐奈看輕小說看得津津有味，於是問了之前就令我在意的問題。

色瞇瞇地望著扉頁插畫美少女的巨乳宅女，頓時像是時間停止流動般全身僵硬。

「…………………」

「東頭？」

「……咦？你說什麼？」

「演得也太不像了吧。」

照妳這種裝蒜的方式，第一集前半戀愛喜劇就結束了。

東頭雙手抱住自己的腦袋，「嗚嗚……」開始發出好像很痛苦的呻吟。

「我……想起來了！」

「是喔。」

「我今天有點雜事要辦，失陪——」

「休想逃。」

「啊嗚——！」

我一把抓住急忙想開溜的劣等生脖子逮住她。她竟然還敢手腳亂揮死命掙扎，於是我從背後架住她，扣住她的頭與肩膀。

「好痛痛痛痛！投降！我投降——！」

「只有KO算數。」

說。

「殊死戰啊！既、既然這樣……！」

只見東頭放棄抵抗，接著身體忽然扭扭捏捏地動來動去，轉頭偷瞄我一眼像是有話要說。

「水……水斗同學……有硬硬的東西碰到我的屁股……」

「那是我口袋裡的手機。」

「好痛痛痛痛！」

看來那女的與南同學多少灌輸了她一點心機技巧，但對我不管用。

東頭漸漸不再抵抗，於是我把她壓到牆上，手撐在她的臉旁邊。

「所以呢？考試準備得如何？」

「那個……我覺得這不是該用壁咚姿勢問的問題……」

「考試準備得如何？」

「…………我、我沒在準備…………」

我把臉逼近一問，東頭用快哭出來的聲音回答，把臉別開。

「也、也不用這樣逼問我吧……又還沒到考試期間……」

「妳以為短短一星期的考試期間來得及念書嗎？反正妳這種人，上課的時候一定也在偷看輕小說吧。」

「嗚嗚……！」

「整天考不及格，哪天真的會留級的。妳想當我的學妹嗎？」

「……水斗學長？」

「少跟我一副真的有點想當的樣子。」

「噫嗚嗚！請、請不要用低沉恫嚇的聲音嚇我！我會心跳加速的，請不要這樣！」

東頭紅著臉用力推我的胸口，於是我暫且解除壁咚嘆了口氣。

「我這麼說是為妳好耶？」

「水斗同學變成我媽媽了嗎……？」

「萬一妳變成我的學妹，忘記帶課本時就不能再跟我借嘍。」

「嗚，嗚嗚嗚……那、那就傷腦筋了……」

東頭伊佐奈這個健忘女，神情十分困窘地連連呻吟。

「可是，那你要我怎麼辦呢……這間學校的課業太難了啦……讀國中的時候，我明明算是比較聰明的那一類……」

「妳本身不笨，能考上這所學校就證明了這點。再來就看下多少功夫了。」

「功夫……」

「我會幫妳的大腦塞進夠多的知識，改善妳的成績。」

東頭當場用手遮住嘴巴，視線嬌慵地斜著下垂，聲音微弱地說了：

「我……要被水斗同學塞進來了嗎……」

「這種話可以省省了。」

想用黃腔岔開話題是沒用的。

就這樣我逼東頭伊佐奈跟我約好，下星期六下午到我家來。

然後到了隔天。

「……死定了……」

一個臉上表情像是世界末日到來的男子，出現在我眼前。

正是川波小暮。

這個就讀校規嚴謹的明星學校卻把時間浪費在髮梢造型上，體現了反體制的男子，整張臉趴在我的桌上絕望地說。

「死定了……期末考死定了……」

「不會是屬於嘴上說說照樣考高分的類型吧——好像不是。」

「那還用說嗎！我連期中考都是瘋狂念書才勉強過關的好不好！」

「有你那麼雄厚的人脈，要弄到一、兩份歷屆考題應該不難吧。這樣還是念不來？」

「……我們學校的老師經驗豐富得很……我這種學生的心思早就被摸透了……」

他現在變得活像是才剛跨越激戰建立起了自信，卻又見識到自己與新登場強敵的實力差距一樣。

「救救我吧，學級榜首！我只能靠你了！」

「不要，好噁。」

「你想買什麼我都出錢！」

「哦……」

你說什麼都可以是吧？

「我有一本想要的絕版書，但在網路上價格已經飆漲到離譜的地步……」

「嗚……！我、我是說過買什麼都出錢，但還是有上限的喔？有上限喔？」

「找遍附近二手書店都找不到呢……」

「上限！拜託要判斷上限！拜託！」

好吧，雖然不是我提的要求，但這男的曾經買衣服送過我。這次就以五百圓以內的價碼放過他吧。

但我已經說好要教東頭念書了……同樣的範圍教兩遍太麻煩了。

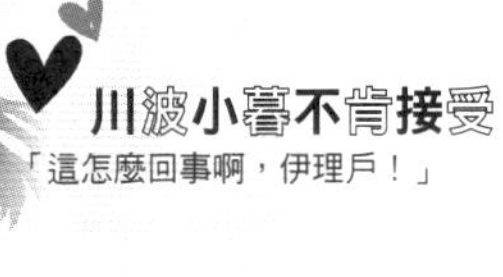

好，那就這麼辦吧。

「**下星期六**，你到我家來。我會將一身絕學傾囊相授。」

「感激不盡，大師！」

「誰跟你大師啊。」

兩個人一起教比較省事。

東頭與川波雖是初次碰面，反正川波的交際力沒人能比，應該不會有問題。

就這樣，星期六來臨了。

我帶著在外頭約好會合的川波，來到我家門前。

「仔細想想，我還是頭一次來伊理戶家耶。給伊理戶同學探病的時候被排擠沒來成。」

「我也是第一次讓男的來我家。」

「講得好像女生就不是第一次啊。」

「南同學啊。」

「對喔……竟然把那傢伙當女生看，你也真是個濫好人。」

濫好人的門檻太低了吧。只不過是說對南同學的性別就能被當成男主角，太好賺了。

不過我帶回過家裡的女生，也不只南同學就是了。

「總之進來吧。外面熱死了。」

「就是啊。有夠熱——」

七月的陽光很毒。帶著拍動襯衫衣襬送風的川波，我打開了玄關門。

「打擾了——……你爸媽呢？」

「我爸媽不在。」

「爸媽不在，是吧？……也就是說，這是伊理戶同學的鞋子嘍？」

看到放在三和土地板上的女運動鞋，川波說道。

眼睛真尖……不過，那不是結女的運動鞋。

「看來她已經到了。」

「嗯？誰啊？」

川波詫異地偏頭的瞬間，客廳門嘩啦一聲拉開了。

家居服的長裙與黑色長髮輕柔地晃動。從客廳現身的，正是我的不才繼妹——伊理戶結女。

結女看到出現在玄關的我與川波，愣愣地張開嘴巴。

「妳好，打擾嘍，伊理戶同學。」

川波輕鬆舉手打了個招呼，但結女對這沒做回應——

「等……等、等、等等等等等！」

只見她先是乒乒乓乓地跑到走廊上來，接著用力拉扯我的手臂，把我從川波身邊拉開。

等把我拉到樓梯口後，結女不知怎地偷偷摸摸，且帶著責難的語氣說了。怎麼覺得之前好像也發生過這種情形？

「（拜託，你怎麼搞的啊！幹麼把川波同學帶來啊！）」

「還能幹麼……因為他求我教他念書啊。」

「（你不會是忘了吧……？今天她也有來耶……！）」

「是啊，看來她已經平安到家裡了。本來還以為最糟的情況下，她會在大門口原地打轉到我們回來呢。」

竟然敢獨自拜訪別人的家——東頭那傢伙真有進步。

「同樣的內容教兩遍太麻煩了。一起教不是比較有效率嗎？」

這想法真是太聰明了。我對我的好點子感到十分滿意。

就在我不住點頭時，結女好像覺得頭痛似的按住了額頭。

「（啊——真是，對啊……！這男的就是這種人……！）」

「怎麼感覺妳好像在把我當笨蛋？要不要出去解決？」

「（總之！把川波同學帶去你自己的房間！客廳裡的東頭同學我來教就好——）」

「——結女同學～？」

客廳裡傳來了東頭的聲音。

「不是水斗同學回來了嗎——？結女同學——！」

「等、等一下！現在還不——」

客廳的拉門嘩啦一聲拉開。

站在那裡的東頭伊佐奈，穿著上次說是結女還有南同學幫她挑的便服。

然後。

東頭伊佐奈的眼睛——與川波小暮的眼睛……

毫無看錯的機會，正面捕捉到了對方的身影。

兩人瞇起眼睛……

皺起眉頭……

毫不掩飾懷疑的態度，說了：

「……你是誰啊？」

「……妳誰啊？」

「啊啊……」結女像是死了心般遮起眼睛。

我偏了偏頭。

氣氛怎麼這麼奇怪？

「我叫東頭伊佐奈，是水斗同學獨一無二的好朋友。」

「我是川波小暮，是伊理戶最重要也是第一個朋友。」

「什麼？」

「怎樣？」

在我家的客廳，初次見面的一男一女把我夾在中間互瞪。

左邊的東頭拉住我的手臂。

「這是怎麼回事啊水斗同學！這個痞子男是誰啊！他在騙我對吧！水斗同學只有我一個朋友對吧！對吧！」

右邊的川波搖晃我的肩膀。

「這怎麼回事啊伊理戶！誰啊這個巨乳妹！你家裡怎麼會有這種人！這個家應該是你跟伊理戶同學的聖域才對啊！」

怎麼會變成這樣？

作夢也想不到面對任何人都怕生的東頭，與面對任何人都保持友好態度的川波，竟然會一見面就互看不順眼——說真的，事情怎麼會變成這樣？

雖然說照東頭的個性，是不會欣賞川波這種外表輕薄的傢伙，川波大概也不會跟東頭這一型的打交道——

不理會被兩人拉扯著晃來晃去的我，結女正在講手機。

「（曉月同學——……！快來救我——……！）」

看來她是不打算幫我了，我無奈地嘆一口氣，將兩人一把推離對方。

「好啦，稍安勿躁。看來雙方都有所誤會。」

「『誤會？』」

「川波，這個女生叫東頭伊佐奈。我們是最近認識的，只是興趣相投的朋友罷了。」

「……最近認識而且興趣相投？」

「東頭，這個男的叫川波小暮。自稱我的摯友，就只是個擅自死纏著我的班上同學。」

「……擅自死纏著你？」

東頭與川波蹙起眉頭，品頭論足般的瞪著對方的臉。

老實講我搞不懂這兩個傢伙有什麼誤會，不過無論是何種誤會，只要冷靜下來把事情想清楚，應該就能盡棄前嫌了。

就這樣，可能是我冷靜的解釋奏效了，兩人各自像是恍然大悟般頷首。

「原來如此，是纏著水斗同學的跟蹤狂啊。」

「原來如此，是挑上伊理戶的詐騙犯啊。」

「為什麼會解讀成這樣！」

你們有好好聽我解釋嗎！

東頭使勁拉扯我的手臂，摟進自己的胸前。我的上臂陷入了細皮嫩肉的豐滿胸部裡，但她顯得毫不在意，用看門狗似的眼睛瞪著川波。

「還請這位跟蹤狂先生不要靠近過來。水斗同學是我的朋友，不會讓給任何人的！」

「妳才是給我放開妳的髒手妳這詐騙犯。」

川波目光中漲滿殺氣，帶著壓迫感高高在上地指著東頭的臉。

「妳以為阿宅就好騙嗎？太遺憾了，伊理戶可不是那麼隨便的男人。勸妳還是在自尊心受損之前自動退出吧？」

「嗚唔……！毫、毫不留情地挖人還沒癒合的傷……！」

「喔！看來早就碰過釘子了啊！真是太可惜了！沒能看到不自量力愛強出頭的女人哭喪著一張臉～～～～～！」

「嗚……嗚嗚嗚嗚～……！水斗同學～～……！」

東頭帶著哭腔躲到我背後。

碰到這種場面，我也實在不能再默不作聲了。

「不好意思，請你不要再欺負東頭了，川波。」

「什麼！你要站在她那一邊嗎！」

「我沒有要站在哪一邊。我不知道她哪裡惹到你了……但我已經跟東頭說好，她被霸凌時我會陪她一起被霸凌。」

「水……水斗同學……」

「抱歉打斷東頭同學的甜蜜心情，但應該直接救人才對吧。」

女魔頭插嘴打岔，但我直接略過。

「我的確是甩了她，但別人應該尊重她告白的勇氣，更不應該嘲笑她。你得跟她認錯，川波。」

「咦……！慘了，你是真的在生氣……！」

「川波同學……我是不知道你在介意什麼，不過還是道歉比較好喔。這傢伙不知道為什麼，一講到東頭同學的事沸點就低到不行。」

這是當然的了。朋友被人嘲笑，就該回以一倍的怒火。大家不都是這樣嗎？

「唔……」

即使如此，川波還是一副啞巴吃黃蓮的表情抗拒了一下，直到被我沉默地瞪了半天，才終於讓步低頭認錯。

「……是我不對……我有點太激動了……」

「聽到了吧，那妳怎麼說呢，東頭？」

「好吧，那就原諒你好了。看在你那髮梢亂翹得像野人的俗氣髮型的份上。」

「妳這傢伙！我看妳只是裝受傷吧！」

「噫嗚！水、水斗同學～～……」

「…………喂，川波。」

「…………請、請容我再次鄭重道歉…………」

垂眼看著川波再度低下去的頭，我決定放他一馬。知錯能改，善莫大焉。

「啊！喂，伊理戶你看！那傢伙在吐舌頭！」

「嗯嗯？」

我照他說的看了看東頭，但只看到一個像小動物一樣害怕的御宅族女生。

我視線再度轉向川波。

「散播不實訊息就不應該了……」

「為什麼啊！伊理戶同學我問妳，這是怎麼搞的？伊理戶怎麼在我不知不覺間變得這麼

奇怪！」

「不、不清楚耶……我也不是很了解……」

真是些令人無言的傢伙。我明明只是做了正確的事。

「該開始念書了，時間有限。把課本打開。」

「咦咦～？不去水斗同學的房間嗎？我今天想挖後面那個書櫃的說……」

「等考試結束再說吧。」

「好耶——」

我在客廳桌上攤開東頭的課本以及筆記本時，川波在後面呻吟。

「嗚唔唔……！真是場惡夢……！」

「川波同學，你到底在痛苦什麼……？」

雖然多少起了點爭執，後來我們就按照當初的預定，開始進行讀書會。

「我們學校的現國考題稍微過度解讀一下反而剛好。像以前考過的這題，可以從這段文字與這段文字當中——」

「不是死背公式，是要學會如何使用公式。就是因為想偷懶只背課文才會越來越混亂。

好了，不要拖拖拉拉的，動手練習！」

儘管不在本來的預定計畫內，但結女提供幫助減少了我的一半負擔。雖說我原本基於效率考量而決定同時教兩個人，但不免有點擔心不習慣教人的自己能否把兩個人都教好，老實說她的確幫了我一個大忙。

東頭與川波雖然都哀叫連連，不過靠著無懈可擊的兩人體制，教學進度比想像中更順利。

「呼——好累喔……」

坐在我對面的東頭，往桌面一倒趴了上去。

川波對此做出反應，把人當傻瓜似的用鼻子哼了一聲。

「這麼點程度就在哀叫，怎麼配得上學級榜首的伊理戶？」

「………如同身高差距有它的神聖性，我認為學力差距也很可以。」

「可以才怪。還是要旗鼓相當才行啦，特別是只會躲在男人背後的女人更是荒謬透頂。現在不流行這套了啦。」

「什麼？」

「怎樣？」

東頭與川波之間迸散出啪滋作響的火花，但我已經懶得理了。這幾十分鐘以來，同樣的

戲碼都不知道看幾遍了。只要不越過底線就隨便他們吧。

「要不要休息一下？我去泡茶。」

由於結女站起來了，於是我也站起來，跟她一起前往廚房。

半睜著眼的視線從旁刺來。

「……你跟來幹麼？」

「我現在不想跟那兩人待在一起。」

「我倒覺得現在讓他們倆獨處更糟糕……」

結女回頭一看，只見被留下的東頭與川波一語不發地互瞪。

結女在櫃子前面彎腰開始找茶壺，於是我在她頭頂上探出上半身，從上面的櫃子拿出茶葉罐。

「東頭同學也就算了，為什麼連川波同學都變成那樣……？」

「妳還是別知道比較好。總而言之，妳做事盡量別不經大腦就是了。」

我從結女手中接過茶壺，打開茶葉罐。

「嗄啊？我什麼時候做事不經大腦了？」

「我反而不懂東頭怎麼會是那種態度。」

我從川波至今的言行舉止，大致上可以推測出他那樣的原因——那傢伙現在的行為，該怎麼說呢？類似御宅族在作品理解上發生歧異時的反應。就像喜歡的角色做出了徹底違反自己觀點的行為那樣。

可是東頭我就不懂了。我實在沒想過基本上就像個沒膽小動物的東頭伊佐奈，會如此地敵視一個人。

「應該是怕你被人搶走吧。因為她沒其他朋友了。」

結女一邊用快煮壺裝水一邊說。我邊把茶葉加進茶壺裡邊說：

「現在不是有妳跟南同學？」

「這個嘛……」

結女關掉開始咻咻叫的水壺。

「……多體察一下人家的心情啦。你這樣不夠體貼喔。」

「哼，不知道比起不夠溫柔的女人哪個比較好。」

「你說誰！」

我單方面搶走了結女拿起來的快煮壺。

然後，把熱水注入放了茶葉的茶壺。

「真要說起來，我不懂妳有什麼資格插嘴管我跟東頭的事。妳才是對東頭保護過度了吧？難道是有什麼地方讓妳感同身受了？」

「……你或許不知道，但是做人本來就該為朋友擔心。不過好吧，是不能否認有些地方讓我感同身受……」

「是喔。比方說呢？」

「比方說……」

「喜歡叫別人幫自己穿襪子的性癖好？」

「那個不是——啊！」

大概是反射性動作吧。

結女的手抓住我的手臂，導致我的手歪了一下。

正在倒的熱水稍稍改變軌道，淋在我扶著茶壺的手指上。

「——燙！」

「對、對不起！還好嗎！」

我急忙放下茶壺與水壺，甩了甩淋到熱水的手。

食指指尖發紅了。不過還好，這點小傷只要立刻用涼水冷卻——

「讓、讓我看一下！」

緊接著，我還來不及想到什麼，事情就發生了。

先是看到結女把我淋到熱水的手抓住，拉過去，隨後——

一含。

——結女把我的食指，放進了她的嘴裡。

「————！」

就在我思考功能全面停擺的時候，溫熱、柔軟有彈性且濕濕滑滑的東西，裹住了燙傷變得敏感的手指。當我理解到那是結女的舌頭時，我已經目不轉睛地注視著結女銜住我手指的嘴唇大約有五秒之久。

「……喂！」

「嗯欸？」

我急忙把手抽回，拔出的指尖一瞬間，牽出了唾液的絲線。

我一邊看著那條絲線隨即斷開，一邊摩擦並未潑到熱水卻變得滾燙的臉頰。

「妳、妳……妳在幹麼……」

「咦……因、因為媽媽以前跟我說，受傷的時候要這樣……」

「燙傷不是用舔的，是要冷卻……」

「……啊。」

結女愣愣地半張著嘴，當場僵住。

終於發現剛才的自己，就只是個想舔男人手指的女人了啊？

做出這種事，還好意思說「我什麼時候做事不經大腦了」——

「——哦哦～」

「——哇～喔。」

修復速度本來就已經夠慢的思考，聽到這聲音發生了更嚴重的機能不全。

川波小暮與東頭伊佐奈，一個臉上笑得邪門，一個假惺惺地用手遮嘴，從廚房吧檯的另一頭湊過來看我們。

剛才還在沉默互瞪的兩人，用完全一樣的語調說：

「想不到伊理戶同學還滿色的嘛。」

「結女同學一副優等生的樣子，其實開放得很呢。」

「為什麼這種時候就不吵架了啦！剛、剛才那是我一時慌張——！」

沒理會結女漲紅著臉爭辯，我到流理台洗手指。

本來期望連同燙傷的疼痛還有唾液一起，皮膚殘留的記憶也能一起被洗掉……然而麻煩萬分的是，這次有證人。就算我們倆當作這事沒發生，把它忘了，這兩個人恐怕還是會翻舊帳。

……好吧，或許只能說看到的是這兩個人，算是不幸中的大幸。只要想到剛才的場面萬一被**她**看到——

——嘩啦一聲，面對院子的落地窗打開了。

「咦？」「嗯？」「唔欸？」「啊？」

連原本在吵鬧的那幾個都頓時安靜下來，看著突然打開的落地窗。

在朝向院子的檐廊上……

只見——那裡出現了一個小動物般嬌小，綁馬尾的擅闖民宅者。

「嗨～結女♪我來救妳嘍～♪」

一看到她的——南曉月的笑臉，我背上頓時大冒冷汗！

「川波～你在這裡做～什麼啊～？還有啊，剛才～我聽到有人說結女好色，或是開放什麼的～…………所以是怎麼回事？」

我與川波當機立斷。

我們放棄收拾所有隨身物品，兩手空空地就往客廳門口跑……

「你們以為————我會放過你們嗎♪」

「——事情就是這樣，東頭同學跟伊理戶同學已經沒什麼了，就只是要好的朋友而已。你覺得他們的關係有鬼是因為你自己心裡有鬼，懂了沒？」

「……心裡最有鬼的人沒資格說我有鬼。」

「啊？」

「嗚唔喔喔喔！」

川波被壓趴在地板上，南同學小巧的腳啪嘰作響地陷進他的背部。

她看起來體重那麼輕，怎麼能踩出那種聲音來……

東頭趴在被迫坐在他們旁邊的我背上，用得意洋洋的聲調說了：

「沒錯，我跟水斗同學只是比誰都要好而已。你這副痞子德性還戀愛腦不覺得丟臉嗎？看，陽光系就是不懂別人的細微心理。」

「東頭同學，東頭同學。妳用這種情侶般的距離感講這種話一點說服力都沒有，還是先從他身上離開吧。」

「咦咦～？」

結女硬是用力，把心有不滿的東頭從我身上拉開。都進入夏天了，真希望妳別老是黏在我身上。妳的胸部很熱耶。

南同學霍地轉過頭來，這次將斥責的視線投向了東頭。

「東頭同學也是，不要因為朋友跟其他朋友合得來就有怨言。這種對朋友過度依賴的女生最惹人厭了，人家會說妳壞話喔。」

「……水、水斗同學才不會說我壞話……」

「很難說喔？搞不好他在妳背後說過『那女的超煩的』。」

「咦……！」

東頭用求助的眼神看過來，於是我決定回應她的期待。

「這女的超煩的。」

「啊嗚啊！……對、對不起嘛～……」

哎呀，效果有點太強了。我輕拍幾下抓住我不放的東頭的背安慰她。

「還要摸頭……」

「好好好。」

「還要幫我擤鼻涕……」

「好好好。」

「買哈根達斯給我……」

「好好好。」

「與其說是保護過度，根本變得只是跑腿小弟了嘛。」

繼妹拋來輕蔑的視線，但只要東頭禁不起打擊的精神能保持平靜，這點小事不算什麼。

「……對朋友過度依賴的女生會惹人厭，是吧。」

無意間，川波酸溜溜地歪唇，向南同學投去視線。

南同學半睜著眼回以冰冷的視線。

「……怎樣？你是有話想說嗎？」

「沒啊，反正好像不用我說出口。」

「…………煩耶。」

南同學扭頭不去看川波，讓馬尾像動物尾巴一樣搖晃。

「然後……最後輪到伊理戶同學。」

南同學把手放在膝蓋上半蹲，低頭看看坐著的我。

「回答我一個問題就好，好嗎？」

「……什麼問題？」

「你興奮了嗎？」

她講話方式太直接，「呼唔！」害我不禁發出奇怪的低呼。

「我在問你被結女舔舔手指有沒有興奮。無法回答嗎？也就是說興奮到無法回答嘍？說嘛說嘛。說嘛說嘛說嘛說嘛說嘛說嘛！」

「別、別這樣，曉月同學？住手好嗎？這樣也害到我了！」

南同學被結女一路拖走，還在嚷嚷著：「伊理戶同學你這個悶騷色狼——！我可是清楚得很——！為什麼好處都被伊理戶同學你占盡——！」

「水斗同學的確是意外地好色呢——」

「不要說無憑無據的謊話，東頭。」

「啊唔。」

事情突如其來地發生了。

坐我旁邊的東頭，拿起我的手，把指尖含進了嘴裡。

在場所有人都驚呆了，只有東頭銜著手指模糊不清地說：

「四這盎嗎？會興恨嗎？」

「……不會，感覺像被大型犬親近。」

「沒禮貌！」

東頭把我的手指吐出來，用力連拍我的肩膀好幾下。還是擺脫不掉一種跟寵物玩鬧般的感覺。

「……原來如此啊。」

我聽到繼續趴伏在地的川波如此低語。

「嘿。」川波爬了起來。剛才啪嘰作響的背脊骨不曉得有沒有事。

我抬頭看他的臉說：

「你要回去了？」

「這些人聚在一起沒辦法念書啦。我會把那個病嬌女也撿走的，放心。」

「你說誰病嬌了！你才有病咧這個變態——！」

「是是是。」

川波伸手一撈，就把結女捉住的南同學用公主抱的方式抱了起來。「哇！」「哦哦——」結女與東頭都不禁讚嘆出聲。

南同學仍在繼續掙扎，但川波顯得毫不介意地逕自走出客廳。反而是跨過門檻時，南同學胡亂揮動的手撞到了牆壁，在那裡痛到叫不出來。

我禮貌性地去送客，就看到川波在玄關門前回頭看我——正確來說，是望向一起跟來的東頭。

「妳姓東頭，對吧——今天我就姑且放妳一馬。」

「要什麼帥啊！」

雖然被南同學揮拳打個不停，川波就這樣走出了大門。

東頭躲在我背後，「嚕——」對著關上的玄關大門吐舌頭。

「別搶我的台詞。沒有第二次了。」

「最起碼在本人聽得到的時候說吧。」

東頭把頭扭開不理人……看來不管是誰都有八字犯沖的對象。

結女雙臂淺淺抱胸嘆氣。

「結果說半天，川波同學究竟是在計較什麼呢……」

「……如果告訴妳，妳會有所改變嗎？」

「咦？」

要等到結女對我回以詫異的目光，我才發現自己說溜嘴了。

「不……沒什麼。」

我調離目光，推推東頭的背。

「那就來繼續準備考試吧。」

「咦！不是散會了嗎！」

「川波回去了，沒人來妨礙妳了不是？」

「不～要～啊～～～！」

我感覺到結女在背後看我，但裝作沒發現，讓東頭坐到教科書與筆記本前面。

◆

當晚，川波打手機聯絡我。

『今天真不好意思，在你家鬧了一場。』

「就是啊。下次不要再這樣了。」

『這我就不能跟你保證了。那個叫東頭的女生是我的死敵，我的直覺是這樣說的。』

真難搞。尤其是這兩個難搞的傢伙好像在搶我，更是特別難搞。

『……哎，不用擔心，我不會對她怎樣啦。畢竟我是ROM專嘛，能從旁觀望就滿足了。』

「真搞不懂，我們有那麼好玩嗎？」

『好不好玩……這個嘛，我也說不上來。是不會看到拍手哈哈大笑就是了。』

南同學的神情，閃過我的腦海。

她在看著川波，以及跟川波說話時，臉上有時會閃過苦水往肚裡吞的神情。

遇到這種時候——川波總是會露出略帶諷刺的笑臉。

「我是覺得不至於……」

話講到一半，原本覺得還是該作罷，但終究把話說完了：

「——但你不會是想拿我們，彌補你自己的留戀吧？」

『不是。』

他立刻否認，毫不猶豫。

隔著手機看不到表情。但話語當中，帶有可能是我跟這男的認識以來，聽過最真誠的聲調。

『沒這回事。你可別……把我看得太扁了，伊理戶。』

「……嗯，抱歉。」

為了不禮貌的問題道歉後，我掛了電話。

——有個名詞，叫做觀測者效應。

意思是「觀測」這種行為，會對觀測對象造成影響。

當然這是科學術語，並不是普遍性的真理——但是，沒錯，很多人難免會受到「別人對自己的觀感」所影響。如同小孩被人說「不愛說話」會變得更加沉默寡言——如同越是被人當成情侶，心態上就越容易偏向那種關係。

他人的視線實在令人不耐，簡直有如枷鎖。如果人生能不受這種枷鎖束縛，不知有多美好……

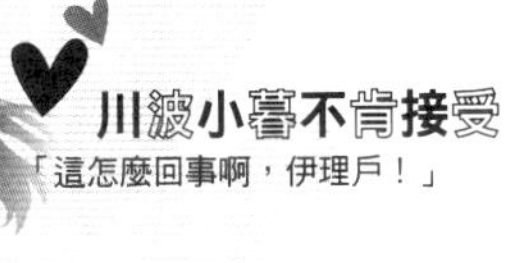

「……………」

我拿起手機，傳ＬＩＮＥ給東頭。

〈有在好好念書嗎？〉

〈正好學到織田信長其實是女的。〉

〈作品太多不知道妳是在看哪個偷懶。〉

看到東頭不知為何傳來謎樣的跩臉貼圖，我稍微有了笑容。

事到如今只能說是年輕的過錯，不過我在國二到國三之間，曾經有過一般所說的男朋友。

那段關係之所以會走向結束，我想一定牽扯到了很多原因，但假如要我舉出一個直接因素，我立刻就能回答。

朋友。

對，我開始交朋友，成了破壞關係的起點。

從國二暑假到三月的半年期間，我與那男的，完全是活在兩人世界中。一個舒適、無條件給予幸福感、不允許任何人介入的封閉世界。是我毀了這個世界。

容我一再重申。

我不認為我做錯了選擇。

要不是我交到朋友，我們一定能繼續當情侶——能夠在除了我倆沒有別人的世界，令人作嘔地繼續調情。但我不幸得知了戀愛以外的世界，這種關係看在我的眼裡，實在不夠健

全。

要是那個世界，能夠再稍微健全一點點……

要是我，或者是那男的，能活在更廣闊的世界裡——能夠更寬容的話。

——要不是我們，吃什麼醋——

現在不管說什麼，都沒有用了。

只有一件事是確定的，那就是我已經體會過了——無論是吃醋的心情，還是另一半吃醋的心情，我都體會過了。

至少現在，我可以活用這份經驗。

這樣一來就可以安慰自己，心想那段黑歷史仍然有它的意義在——儘管只不過是聊以慰藉。

◆

「——東頭同學，那裡算錯了。」

「咦？……啊！真的耶。」

「不可以嫌麻煩，一定要檢查計算過程。正式考試時也是，不要一寫完就趴下睡覺喔。」

「嗄～」

東頭同學顯得不大服氣，往吸管吹氣讓柳橙汁咕嘟咕嘟冒泡。

我們正在家庭餐廳開讀書會，為上學期的期末考做準備。

參加者有我與東頭同學，以及——

「…………………」

坐在對面的曉月同學，一個勁地盯著我與東頭同學瞧。

她用吸管把杯子攪拌得喀啦喀啦響，但杯子裡如今只剩下變小的冰塊。

手邊的教科書，如果我記得沒錯，從讀書會開始到現在一頁也沒往下翻。曉月同學這個機靈鬼在上次期中考就進了前五十名，幾乎不用我來教，所以我主要都把心思用來教東頭同學，可是……

「曉月同學……？飲料已經喝完了喔……」

「嗯——？啊，真的耶——」

「……欸，妳是不是有事想問我？」

「不不，沒有啊——？沒事沒事，我很好——」

「我去拿飲料喔。妳們要喝什麼？」曉月同學問過我們後，就跑去飲料吧了。我默默地目送她的嬌小背影離去。

「嗯——……」

「妳怎麼了，結女同學？肚子痛嗎？」

「不是……只是總覺得，看起來怪怪的……」

表面上就跟平常一樣，仍然是活潑開朗的南曉月。

但是背後，好像感覺得到些微僵硬——或者說帶刺。

這種氣氛，好像似曾相識……？

正在百思不得其解時，身旁的東頭同學不慌不忙地拿出了手機。

「呼——休息休息。」

「沒收。」

「啊啊——！女高中生的生命線啊——！」

等念完書才可以玩遊戲。

隔天發生了一件事。

「結女，一起去廁所吧——！」

第一節一結束，曉月同學就來到我的座位，笑容可掬地這麼說了。

我是覺得不用這麼大聲，但我那繼弟早已沉浸在書本世界裡了。好吧，反正都住一起了，上個廁所沒什麼好隱瞞的。

「嗯，正好我也想上。」

念國中時，我不是很能體會一群女生結伴去上廁所的心情，如今我完全明白原因了。只有廁所才能避開男生的耳目。

我一直等到國三交到朋友，才終於知道女生這種生物其實一天可以消耗掉多少話題。其中當然也包括不想被異性聽見的事情，也有些事情不便當著眾人的面聊。也就是說，在半封閉的女廁就可以消耗這些話題了。

「——然後啊～體育課的時候啊～——」

「嗯嗯。」

「——發生了這樣的事～——」

「什麼～！」

「——真的太扯了對吧～——」

「是有一點喔～」

上完廁所後，我一邊對著鏡子整理儀容，一邊跟曉月同學聊得開心。不過我幾乎都只負

責答腔就是了。真佩服她能夠接二連三地想到這麼多話題。

我們在鐘響的同時回到教室，開始上第二堂課。然後下課。

「結女，一起去廁所吧——！」

曉月同學立刻飛奔過來。

剛、剛剛不是才上過嗎？是不是還沒聊過癮……？

本來想拿下課時間念書的……但又不好意思不理她，於是就跟去了。

「——然後啊～——」

「嗯嗯。」

「——發生了這件——」

「什麼～！」

「——真的太扯——」

「是有一點喔～」

然後第三堂課結束了。

「結女，一起去廁所吧——！」

會不會太頻尿了一點？

不，我當然知道她的目的是跟我聊天，但也太嗨了一點吧。真要說起來，曉月同學之前有這麼喜歡去廁所聚會嗎……？

「對不起……我想念一下書……」

由於有些地方想複習，我客氣地回絕，曉月同學笑著輕輕揮手。

「啊——這樣啊，不好意思，沒事沒事！加油喔！」

說完，就跑去找其他朋友了。

我看了一下……曉月同學除了我以外，沒有找任何人去廁所。

「曉月同學怪怪的。」

晚上，我在自己的房間，對著手機如此開口。

通話的對象，是占據隔壁空間的繼弟。為了不讓媽媽他們起疑，我們事前講好晚上談事情要用手機。

水斗絲毫不掩飾厭煩的態度，說：

『難得打來講這什麼事啊。南同學哪一天不奇怪了？』

「哪裡奇怪了？真要比的話，你或東頭同學，還有川波同學才奇怪吧。」

『這叫價值觀的不同……』

我將枕頭緊緊抱進懷裡，把感覺到的突兀感化作言語。

「大概是從開始準備期末考的時候吧，應該說她變得莫名黏我嗎……」

『不是以前就這樣嗎？』

「不一樣！完全不一樣！」

『不懂哪裡不同。』

聽到他那聲音，都能想像他眉頭緊皺的模樣了。

『應該說，妳怎麼會來問我的看法？』

「川波同學跟曉月同學不是青梅竹馬嗎？想說你可能知道些什麼。」

『要我傳話就是了吧……的確，那傢伙或許知道些什麼。』

「對吧？」

『可是啊……嗯——』

「怎麼了？」

『沒有……只是那傢伙現在，為了準備期末考念書念得要死不活。』

「啊。」

『我不太想讓他為了其他事情傷腦筋。』

「這樣啊……也是。」

的確是不好意思打擾人家……何況本來就沒有根據或證據，只是一點小小的突兀感罷了。用不著為了這點問題妨礙他準備考試。

『好吧，總之南同學如果明顯變得不對勁就告訴我。例如大半夜打電話騷擾之類。』

「……誰騷擾你了啊。」

『這叫價值觀的不同。』

這傢伙是不酸人兩句，就不能呼吸嗎？

我正在考慮如何回嘴時，講到這個讓我想起了一件事。

我嘴角微微上揚笑了一下。

「講到大半夜打電話讓我想到……對喔～某某人呢～也有一段時期，每晚都打手機來煩——」

——嘟一聲，電話掛斷了。

我看著顯示「通話結束」的螢幕，面露勝利的笑容。

記得當時……我因為交到朋友而減少了跟他相處的時間，他就吃醋了？現在回想起來，還真是夠可愛的。

「……吃醋？」

無意間，我想到了。

曉月同學是從開始準備考試時，變得不對勁……換言之，就是從我教東頭同學念書的時候開始。

「……不可能啦。」

自己都覺得難笑，我把手機放到充電座上。

曉月同學除了我以外還有很多朋友，不可能為了我吃醋……這樣想未免太自戀了。

——我本來是這麼想的。

但曉月同學的行為，一天比一天更誇張。

「……南同學。」

「什麼事，結女？」

「這樣很熱耶……」

「啊！抱歉抱歉。」

曉月同學總算放開了我的手臂……本來以為是這樣，但她從飲料吧端了冷水過來咕嘟咕嘟喝掉，然後又挽住了我的手臂。

「我把體溫降低了。這樣可以嗎？」

「……不是……」

我不是這個意思。

完全不是這個意思。

我的意思是，明明是來家庭餐廳念書，這樣豈不是連自動鉛筆都拿不了？

這真的是朋友之間的距離感嗎？這樣簡直跟水斗還有東頭同學沒兩樣……咦？所以是對的嗎？我交友經驗太少，被搞迷糊了。

「唔嗯——原來如此，百合營業是吧？不愧是老師，走在時代的最前端呢。」

講這種風涼話的人不用說也知道，就是東頭伊佐奈。她今天坐我對面。

「不過我個人來說，比起像這樣你儂我儂的，距離感再微妙、複雜一點或許會讓我更有妄想的空間。」

「恕難從命！我跟結女的感情好到不用拿捏距離感！對不對？」

「算是……吧？」

好吧，我覺得我們感情的確很好。

曉月同學願意這麼說，我也很高興。

但我與曉月同學在認知上，似乎多少還是有點落差——

「就算感情再好，這樣黏在一起不會嫌煩嗎？」

她講得若無其事。

邊說還邊用吸管吸飲料。

我與曉月同學的眼睛，一齊朝向東頭同學面無表情的臉龐。

我有三件事想講。

首先，「嫌煩」這種敏感的字眼不可以隨便亂講。

其次，妳不知道自己有多黏著水斗不放嗎？

最後，講這種話的時候好歹飲料可以放下。

——但是，我還沒把這些話說出口，曉月同學已經像是被電到般離開了我的手臂。

「咦……奇怪……？不會吧，難道說……」

曉月同學視線鬼鬼祟祟地四處飄移，同時把自己的兩隻手握來握去。

我最好打個圓場。

我立刻就起了這個念頭，但花了太多時間斟酌用詞，沒來得及實行。

「結、結女……我最近，是不是一天到晚揪妳去廁所……？」

「咦？嗯……幾乎每次下課都會。」

「走在一起的時候，是不是一直巴著妳……？」

「嗯，哎……幾乎？」

「LINE的訊息量……是不是比正常情況，多出了超多倍？」

「……好像是？」

我不知道「正常情況」是什麼，所以要我做比較我也答不上來；不過如果是跟以前相比的話，最近好像是比較多。

「啊——……啊——……啊哈哈。」

曉月同學像是想用笑掩飾什麼，然後急急忙忙把文具課本等等塞進書包裡，從座位上站了起來。

「對不起，結女！我今天先回去了！……真的，很對不起。」

最後的聲音很微弱，簡直像蚊子在叫。

曉月同學連同我們的飲料吧錢一起放在桌上，就快步離去了。

東頭同學照樣邊喝飲料邊目送她的背影……然後輕聲說了：

「……我是不是，又說錯話了？」

「……看樣子，好像是喔。」

「…………真對不起…………」

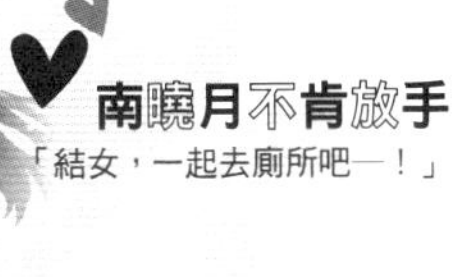

看東頭同學明顯地沮喪起來，總之我先端飲料來給她喝。

後來，曉月同學的黏人態度改善了不少。

當然她並沒有忽然不跟我說話，隔天一樣正常打招呼，也一起吃午飯，放學也是一起回家——只是回到以前的距離感罷了。

關於東頭同學在家庭餐廳投下的炸彈……

「昨天真不好意思！我已經跟東頭同學道過歉了！」

一句話就解決了——曉月同學單方面替我們出的飲料吧錢，我們也和平地還給她了。

一切都恢復原樣，好像什麼事都沒發生過。

可是，不知道為什麼——令我心裡不舒暢的異樣感受，仍然沒有散去。

我也很想釐清這個異樣感受，但狀況不允許我這麼做。

因為，已經正式進入期末考的期間了。

「嗨，學級第二名。」

「……幹麼啦，學級榜首。」

晚上在家裡，水斗在走廊上擦身而過時找我說話，我語氣凶巴巴地回答。

「這次看妳挺從容的嘛，沒有黑眼圈。」

「上次也沒有啊。你才是，還有閒工夫教川波同學嗎？」

「我做任何事情都講求從容不迫。不像某某人只會逼死自己。」

「用不著你擔心，我做事是有計畫的。不像某某人在正式考試的時候會因為突發奇想而故意考差。」

「…………………」

「…………………」

雙方互瞅一眼，我往樓上走，水斗走向盥洗室。

……真是。為什麼就不能老實說「不要像上次那樣硬撐」？

為了把握這次機會讓那男的吃癟，我用充裕不緊迫的行程認真溫習。

然後，期末考到來。

我不再像期中考那樣睡眠不足，用最佳狀況回答試題——

「……啊……」

面對貼出期末考排名的公布欄，我呆站不動。

我從最下面一個一個，順著名次往上確認——沒有，沒有，沒有——完全沒看到。

最後的最後——到了最上面，我才找到了它。

「第1名　伊理戶結女」
「第2名　伊理戶水斗」

「厲害——！」「搶回榜首了——！」

身旁的朋友連聲極力稱讚我。
至於我自己，則是仍然不敢置信。
我的名字，在那男人的上面。
這個光景，總覺得看起來輕飄飄的不安定……
……我懂了。
原來我……說了半天，還是以為——我比不過那男的。
無意間，我的視線往旁望去。在無意識之中，尋找他。
最後終於看到，我在尋找的身影，佇立於人牆之外。
川波同學在他身邊，面露安慰般的淺笑，輕拍般地把手搭在他肩上。
那傢伙一副煩不勝煩的樣子，啪的一下把那手打掉。
然後，那男的轉身背對我——把一臉無奈地聳肩的川波同學當場拋下，沉默地走遠。

那腳步——跨得比平常稍微大了一點。

……成功了。

成功了——我成功了！

「我成～～～——功了……！」

贏了！我贏了我贏了，我贏了……！我贏過那男的了！

我雙手握拳，細細體會自胸口深處湧起的喜悅。

看到沒，看到沒，看到沒……！我可不會永遠躲在你後面當跟屁蟲！

上次把自己逼到極限結果輸了，這次教東頭同學念書卻贏了，總覺得有點諷刺——但說穿了，大概就表示硬撐不是唯一能做出結果的方法吧。

說到這個，東頭同學不知道考得怎麼樣？搞不好有進前五十名……？

剛才我只顧著找自己的名字，這次把名次表重新看過一遍。

看起來似乎沒有東頭同學的名字。看來分數沒辦法一下子進步那麼多……下次就拿前五十名當目標吧——

「——奇怪？」

看著名次表，我漸漸注意到一個不對勁之處。

期中考時榜上有名的，曉月同學的名字沒了。

「結女同學～～～！我過關了～～～～！」

名次發表後沒多久，東頭同學就像宣布勝訴那樣高舉著答案卷跑來。

東頭同學兩眼噙淚，哭哭啼啼地說：

「這樣暑假就不用耗在補修上了～謝謝妳～～～！」

看她高興成這樣，真的考得有那麼好嗎？

於是我請她讓我看看分數，只見各科都比平均分數低一點。

「……下次就讓每一科進步二十分好了。」

「咦？不、不用了啦～怎麼好意思每次都讓妳幫我～……」

「沒關係沒關係，別客氣。」

「我不想再用功了啦～！」

東頭同學不肯聽話，但這樣低分過關的話每次都會很辛苦，而且我猜上學期的學校成績表應該已經變得不太方便拿給爸媽看了。

「欸，東頭同學，我這樣問可能不太禮貌……」

「咦咦，妳還要跟我說什麼嗎？我長得這麼讓人想霸凌嗎……？」

「這個嘛，硬要說的話是沒錯。」

「我還真的長那樣嗎！」

「不是啦，我是想說妳這樣低分過關，竟然會想到要報考這所學校。當時應該是相當逞強，才考過升學考的吧？」

要說逞強的話，我這個並非名校出身的公立學生來報考，而且還想搶特待生的名額也差不多……但東頭同學比我更勉強。我看她入學考的時候一定非常辛苦……真佩服她這種自我墮落的個性能考得上。

「啊——……妳問這個啊……」

東頭同學忸怩地微微低頭，把雙手手指交纏著擰來擰去。

「如果難以啟齒的話，不說也沒關係……」

「不會……這個嘛，應該說正值那種時期嗎……就是所謂的中二病吧……」

「？」

「……我那時以為，只要去程度比較好的學校，或許就能認識……聊得來的朋友。」

嘿嘿。東頭同學露出打圓場般的靦腆笑臉。

「我那時候以為，我之所以跟旁人格格不入……也許是因為環境的關係。不過入學之後很快就發現『啊——原來只是我有溝通障礙啊』就是了……對、對不起，理由這麼無

聊……」

「不會。」

我立刻緩緩搖了搖頭。

「一點都不無聊……我好像也能理解。就是期待在這世上的某個角落，也許有人會了解我——的那種心情。」

「真的嗎……？」

「當然了……再說，其實妳沒有弄錯啊。」

「咦？」

「努力沒有白費，妳不是認識了曉月同學、那男的——還有我嗎？」

東頭同學連連眨了好幾下眼睛——

然後嘴角軟綿綿地變得鬆弛，身體開始又扭又搖。

「嘿嘿。唔嘿嘿，嘿嘿嘿嘿嘿……」

「喂！不要不說話在那裡害羞啦！害我都跟著害羞了！」

我用手當扇子替發燙的臉搧風時，「奇怪？」東頭同學偏偏頭。明明是妳先害羞的，怎麼這麼快就復活了！

「說到這個，今天南同學沒跟妳一起嗎？」

「我們又不是二人組。」

「是這樣嗎？還以為妳們就跟我與水斗同學一樣是一組的呢。」

「那也太嚴重了……」

我們是什麼時候開始被人看成這樣的？不過以我來說，如果有人問我最要好的朋友是誰，我會回答曉月同學就是了。

「其實我剛才有傳ＬＩＮＥ給她，但沒有回覆。也沒有顯示已讀……」

「該不會……是我上次說錯話了，她還在生氣……？」

「我覺得不是耶。她不是也有跟妳聯絡嗎？」

「是這樣沒錯，可是……應該沒事吧？應該沒事吧？」

妳太愛擔心了——我差點這麼說，但身為曾經怕生的類型，我很能體會她的心情。跟別人談話時稍微不小心說錯話，都會讓我們永遠介意下去。

就當作是為了她好，我希望今天之內可以跟曉月同學碰個面——

「——什麼什麼～？在講我壞話嗎？」

「啊哇啊！」

東頭同學怪叫一聲，嚇得當場跳起來。

從她背後輕快地冒出來的，不是別人，正是曉月同學。

「曉月同學，妳之前都到哪裡去了？我有傳ＬＩＮＥ給妳耶。」

「真的？對不起～肚肚有點痛痛啦！」

東頭同學聽了鬆一口氣。

「什麼嘛，原來是這樣啊……我還以為……」

「還以為？」

「沒有沒有！沒怎樣就好！」

「好在意喔～」

曉月同學開玩笑地說，開始糾纏東頭同學，用手指下流地蠢動的雙手靠近東頭同學逗弄她。

看起來完完全全就跟平常一樣。

大概是玩過癮了，曉月同學離開東頭同學身邊，輕搥一下手心。

「對了對了！我聽說了喔，結女！聽說妳搶回榜首了？恭喜～！」

「謝謝。曉月同學——」

我盡可能問得若無其事。

「——妳期末考，考得怎麼樣？」

「我？我啊……」

曉月同學「啊哈哈」地笑著裝糊塗。

「這次好像有點鬆懈了。沒有不及格就是了。」

「哦？該不會是跟我同一掛吧？」

東頭同學兩眼一亮，急切地問。

「應該考得比東頭同學好吧～不過早知道這樣，就請結女也教教我了。」

然後曉月同學瞄我一眼，說：

「啊！不過如果會麻煩到妳，就算了沒關係喔？」

那是曉月同學顯露出的，唯一一個破綻。

她打造出堅固不移的「常態」。只有一個細小漏洞，讓小小的破綻一閃而過。

如果曉月同學真的一如往常，根本不會設下這種防線。

應該會面不改色地誘使我同意，讓我答應她。

可是這時，她卻像在害怕什麼似的做了安全措施。她在害怕什麼？怕被我拒絕？不，不對。

正因為是無意間的破綻，才會誠實地表現在言語中。

沒錯——她說「麻煩」。

……啊啊，我好久沒這麼想了。

真的很慶幸我在國中時期，有交過男朋友。

若不是有過那種經驗——我不會察覺到這個破綻。

「……不會。」

我果斷地搖頭。

「一點都不麻煩。下學期就拿前十名吧，曉月同學。」

「真的？謝謝～！啊，不過前十名可能沒辦法喔～」

啊哈哈。曉月同學笑得一如往常。

她不肯跟我說。不管我說什麼都不跟我傾訴。

那我就自己摸索她的心情。

沒問題——現在的我，辦得到。

後來我們開心地聊了一會後，東頭同學說了：

「那我去激一下丟掉榜首寶座的水斗同學喔！」

「不要啦，他真的會跟妳發火喔。」

「那也很可以啊！我走了——！」

東頭同學飛也似的消失在通往圖書室的方向。

這女生還是一樣，看似缺乏個人主張其實很有主見。一下子顯得戰戰兢兢，一下子卻又不識相地有話直說——像她那樣的類型大概不是乖巧，而是我行我素吧。

剩下我們兩個人後，曉月同學抬眼瞄我一下，顯露出忸忸怩怩的態度。

「……只剩我們倆了呢。」

「對啊。那就明天見。」

「太遲鈍了吧！」

曉月同學笑著拍我肩膀，我也忍不住噗哧一笑。

上學期的三個月。我們花了這麼多時間，建立起了我們的對話節奏。

大概不用我特別做什麼，這種輕鬆自在的時間也不會消失。曉月同學不像我或那男的那麼笨拙。就算我有點不夠禮貌，或是多少犯點錯，她也會巧妙地幫我說話，巧妙地幫我掩蓋，第二天就能恢復到「常態」。

可是——正因為如此。

我認為今天，應該由我鼓起勇氣。

「那，我們回去吧。麻希還有奈須華都說今天有社團活動——」

「——曉月同學！」

「嗯哇！怎麼了怎麼了？」

曉月同學一臉驚嚇地轉過頭來，盯著我的臉看。

我下定決心——勇敢地說出了有生以來，第一次說出的話：

「……要不要一起去……唱卡拉ＯＫ……？」

「哦～我好像還是頭一次兩人單獨進來耶。」

「對、對耶，我也是……」

「妳好像有點緊張哦？」

曉月同學笑著挖苦我，站在卡拉ＯＫ的包廂門口不動。

好像是在看我想坐哪裡。

我坐到離門口較遠的沙發右邊後，曉月同學與我隔開一個人的距離，讓她小小的臀部坐下來。

想到她在家庭餐廳還挽著我的手臂，這種距離明顯太遙遠。

在被東頭同學指摘後，她的內心有過一番什麼樣的思慮——

有什麼事讓她分心，造成考試分數退步——

——事到如今，答案已經太過明顯。

我深吸一口氣，緩緩地吐出來。

我嘴巴很笨，就算把心情化作言詞，能傳達的部分頂多不到一成。沒錯，所以我把我人生當中最想傳達的心情，寫成了信遞給對方。

所以，為了傳達我的心情——為了讓曉月同學傾訴心情。

我只能付諸行動……而不是依靠言語。

「我啊……曉月同學。」

我提起勇氣，向她坦白。

「其實，我幾乎，沒有在別人面前……單獨唱過歌。」

「是這樣喔？……啊——也是喔。妳都是跟大家一起唱，或是跟我兩人合唱……對耶，每次都是這樣。」

「嗯……」

我操作觸控平板點了歌。

見我拿起麥克風，「哦——」曉月同學拍拍手。

——國中時期，我在合唱比賽的練習當中，最注重的就是不引人注目。

而不是如何唱得更好。

那只不過是為了不讓自己搞砸而引人側目的辦法罷了——因為假如萬一唱得很好，也還是會不必要地引起關注。

我不喜歡特立獨行。

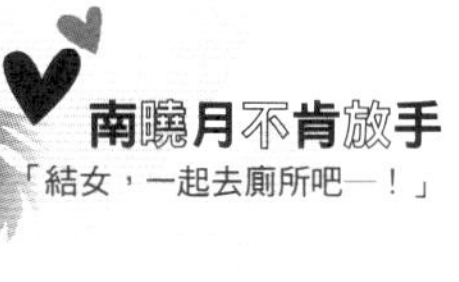

不喜歡成為特殊分子。

必須隨時藏身在群眾之中，才不會擔心害怕。

像我這種不聰明、不靈巧、笨手笨腳的人……最好誰都不要聽見我的聲音。

可是。

啊啊——其實有過好幾次。不知道有過多少次。

有時事情做不好，讓我焦慮、悲傷、難過、寂寞——覺得怎樣都好，是誰都好，只希望能讓我發洩一頓，暴露出我的真實存在。

沒錯……我有時候，當然也會想大聲宣洩出來。

什麼庸俗的土氣女生，什麼才貌雙全的優等生，巴不得把這些角色定位全部丟開——大吼大叫一頓。

在這種時候，我會希望誰陪在我身邊？

伊理戶水斗？東頭伊佐奈？

不……兩個人感覺都不對。

沒錯。

在這種時候，我會希望是她傾聽我的吶喊——

「————————————————！————————！！」

我從腹腔深處擠出聲音，朝著握住的麥克風大吼。

我的情感，填滿了窄小的卡拉ＯＫ包廂。

這是我的煩躁。氣的是過去，當有人沒來由地為了我的事吃醋時，我一點都沒能體諒他的心情，還讓他跟我道歉。

這是我的決心。我在摘下眼鏡、放下頭髮時已經發誓——不會再重蹈當時的覆轍。

我不會說出口。

吼叫的歌詞，與我的心情毫不相關。

即使如此，即使如此……這首歌，仍然表露了我的內心。

「——……哈啊……哈啊……——！」

唱完的時候，我已經上氣不接下氣。

喉嚨也有點痛。平常不習慣叫這麼大聲，一下子太逞能了。

不過……感覺腦中好像用吸塵器清理了一遍，心情很爽快……

「……結女……」

曉月同學像是啞然無言地抬頭看我，我對她淡淡一笑。

「曉月同——咳嗯，咳嗯！等、等我一下……」

「還、還好嗎！喝水喝水！」

我從曉月同學手裡接過開水，一口氣喝光。

等呼出一口氣，渾身虛脫地坐到曉月同學的旁邊，才終於舒服多了。

「謝謝……」

「呃，嗯。是無所謂啦。可是妳是怎麼了？總覺得妳今天……」

「我唱得很爛對吧？」

「咦？」

看到曉月同學頓時張著嘴巴僵住，我輕聲笑了起來。

「不用**像平常那樣**講好話沒關係的。」

「呃……這……」

我先把身旁表情變得迷惘曖昧的曉月同學放在一邊，低頭看著自己手裡的麥克風。

唱得當然不好了。我根本就沒好好唱過一首歌。

只要我不說話，曉月同學就會巧妙地幫我掩蓋，幫我說好話。就算現在有別人在場，她也一定能巧妙地炒熱氣氛。

但是……

「我啊，曉月同學——並不打算說什麼朋友之間沒有祕密。因為不管是誰，不管在何種關係當中，自然都會有一兩件無法啟齒的事……不如說朋友如果太過無話不談，那也很傷腦筋的。」

「……嗯，就是啊。」

「可是啊……」

我注視著曉月同學的臉。

「我也從來沒看過曉月同學單獨唱歌。」

每次來卡拉ＯＫ時，曉月同學總是跟別人一起唱。

她是個開心果又總是率先暖場，所以不容易發現……但我也在做跟她一樣的事，她騙不過我。

面對當場僵住、無話可回的曉月同學，我繼續說下去：

「我不會問妳為什麼。我也不會說出我的原因。但是——」

為了清楚表示對我來說，南曉月是個什麼樣的存在。

「——至少現在，我讓妳聽見了我的歌聲，無論是那男的，還是東頭同學都沒有聽過。」

我把麥克風拿給了曉月同學。

當然，用意再明顯不過。

想讓他人對自己坦誠相對，自己得先坦誠以待。

這是我從我人生最大的成功經驗，也是人生最糟的失敗經驗中，學到的最大教訓。

曉月同學不作聲，低頭看著我拿給她的麥克風幾秒。

但是，忽然間。

她的臉上，流露出像是為難、傻眼，完全不同於平常的笑意。

「……妳好詐喔。這幾乎是威脅了嘛。」

「對不起。」

「**沒關係，結女的話我接受**。」

曉月同學毫不遲疑，快活地說著——握住了麥克風。

她迅速站起來，麥克風對著自己的嘴，轉頭往我看來。

「雖然妳好意說過不問，不過我還是告訴妳，我為什麼不在別人面前唱歌。」

曉月同學用帶著回音的聲音說完，膽大包天地笑了。

「**因為人家會覺得我愛現**——僅供參考嘍，結女？」

然後曉月同學展現的歌喉——宛如澄澈無垠的穹蒼，美到讓人無話可說。

◆

「噗哈！噗哈哈哈哈哈！那、那樣太糟糕了吧——結女！妳還偷男生內褲喔！根、根本變態嘛……！啊哈哈！」

「我、我沒有偷！是撿到！我、我又沒看過男生的內褲……曉月同學應該也沒看過吧！」

「咦咦——？不不，妳想想嘛，我以前有他在啊。我連他什麼時候開始長毛都知道，一條內褲有什麼好大驚小怪的嘛？我們偶爾還會在對方家裡洗衣服呢。」

「咦？妳說的他是川波同學嗎？……咦，你們是那種關係？」

「沒有啦沒有啦！只是以前都一起洗澡而已！說是以前，其實也只到國中而已。」

「到國中！那種的一般不是都只到小學嗎！你、你們都沒怎樣嗎……？」

「啊——哎——說沒怎樣是沒怎樣，說有怎樣就……妳知道的嘛？」

「意、意有所指……！」

曉月同學促狹地賊笑。原、原來青梅竹馬就是這樣啊……哦——……哦～——……

我們唱累了之後延長包廂時間，天南地北地聊天。一開始是抱怨身邊的男生，接著可能是因為女生待在密室裡的關係，不知不覺間越聊越下流……我一時講得太高興，連準備帶進墳墓的內褲事件都說出來了。得、得請她保密才行……

「妳房間就在伊理戶同學隔壁對吧？會不會聽到什麼糟糕的聲音？」

「……什麼糟糕的聲音？」

「那還用說，講得委婉一點就是……A片的叫春嘛。」

「沒委婉到哪去！」

「啊哈哈！不是啦——念國中的時候，我曾經偷偷溜進那傢伙的家裡——」

我心跳加速地聽著曉月同學的赤裸告白，時間一眨眼就過去了。

等離開卡拉ＯＫ包廂時，夏季白晝較長的太陽早已西沉了。

「哎呀糟糕，完全天黑了。結女，妳家裡會不會擔心？」

「應該還好……我有先跟我媽媽聯絡。不過還要吃晚飯，我得回家了。」

「這樣啊～……」

曉月同學用嘆氣般的語調低喃，望著照亮黑夜的街景。

她眼裡映照著什麼？今天的回憶？抑或是——

我的這個思維，被手機的來電鈴聲打斷了。

不用看螢幕就知道，是水斗。

平常的話我可以不理，但今天這麼晚還沒回去，不能不接電話——我把通話狀態的手機放到耳邊。

「喂？」

『……妳現在在哪裡？』

熟悉的嗓音，聽起來稍微有點僵硬。

「剛跟曉月同學唱完卡拉ＯＫ，現在要回去了。」

『是喔……』

明明是你在問我，回得這麼愛理不理的是怎樣？

不過，可能是剛剛才講遍他壞話的關係，我不怎麼覺得生氣，於是笑笑如此回應：

「你該不會是擔心我吧？」

『……沒有啊。』

「還是說……你以為，我在跟別人約會？」

『……………………』

哦，好像有效果了。

正在這麼以為的時候……

『那我反而要擔心了。』

「咦？」

『怕妳給對方惹麻煩。』

……還是一樣愛耍嘴皮子。

換做平常的話這個狀況會以我的火氣作結，但是——我看看身旁的曉月同學。

「……這你不用擔心。」

『嗯？』

「我的約會對象，一點小事不會跟我計較。」

曉月同學聽了，眨了幾下眼睛之後——咧起嘴角，露出燦爛的開心笑臉。

然後她跳起來抱住我的脖子，對著手機如此叫道：

「就是這樣嘍！對不起了，伊理戶同學！」

剛剛好抓準這一刻，我簡直像跟她講好了似的，掛掉電話。

我看看曉月同學的臉。

曉月同學也看看我的臉。

我們互相注視幾秒——然後爆笑出聲。

「啊哈！」

「啊哈哈哈！」

「啊哈哈哈哈哈哈哈哈哈哈！」

「啊哈哈哈哈哈哈哈哈哈哈哈哈哈哈哈哈哈哈哈哈！」

我們覺得好笑到不行，一起笑到停不下來，踏上回家的路。

在明亮的夜晚人群中，就只有我們倆。

我們倆都穿著制服，也許會被警察勸導。

那樣就真的不是鬧著玩的了——不過嘛，這方面的問題，曉月同學一定有辦法應付過去。

「暑假就快到了，到時候要做什麼呢？」

「這個嘛～總之結女可能會被搭訕的地方都跳過！」

這實在是一件令人毛骨悚然的事實，就是我在國三的一段時期，曾經有過所謂的女朋友。

她顧家又樂於奉獻，雖然個頭小，但外貌完全稱得上是正妹——假如我跟一百個人炫耀，大概有七十個人會羨慕吧。過去我的確有過這樣的女朋友。

你們是不是在想「這傢伙冷不防放閃個什麼勁啊」？

先別激動，稍安勿躁。等我把我接下來要講的故事講完，你們恐怕就不會有同樣的想法了。

我可以預言。

你們一定會收回前言。

否則——過去的我，就死不瞑目了。

——小小。我放在冰箱裡的布丁，你吃掉了？

那是個稀鬆平常到讓人打呵欠的，一幕日常光景。

當時我們剛開始交往沒多久，生活也沒出現什麼特別變化，就跟平常一樣放學後在我家混的時候，那傢伙這樣對我說了。

說是她把布丁放在冰箱裡。

而我的腦袋，還留有把不知何時出現在冰箱裡的布丁三兩口吃掉的記憶。

當時身體依然健康的我，急忙從沙發上站了起來。

——抱歉！我立刻去幫妳再買一個……！

——……不用了，我的那份已經有了。

說著，那傢伙從冰箱裡拿出沒開過的布丁。

對喔，我也記得那時冰箱裡還有一個。

——什麼嘛，本來就有兩人份嘛。

——……對啦。

那傢伙到餐桌旁坐下，粗魯地撕開布丁的蓋子，開始大口往嘴裡送。

而且說什麼都不肯看我。臉頰看起來鼓鼓的，八成並不是因為正在吃布丁。

——……那妳幹麼這麼生氣？

——我沒在生氣啊。

說話的聲調明顯僵硬，但當時弄到最後，我還是不知道她為什麼在生氣。

後來，當天晚上，在晚餐的餐桌上。

——到手了！

那傢伙動作超快地從我的盤子裡夾走唐揚雞。

——欸，喂！妳幹麼啊！

——你在生什麼氣啊～？好貪吃喔，就這麼捨不得啊？

那女的輕輕揮動用筷子夾住的唐揚雞，壞心眼地笑了。

這該不會是在報布丁的仇吧？

我頓時反應過來，變得有點不太高興，把臭臉轉向一旁。

——東西被別人拿走，誰會高興啊。

——那就還給你吧。

用筷子夾住的唐揚雞，快速移動到了我的嘴邊。

——來，啊～♥

——…………

看到這個動作，我才有點不可置信地，想到那件事的真相。

——……白天的布丁。

——嗯～？

——妳該不會是……想這樣做才買來的吧？

所以才氣我一個人先吃掉？

那女的——曉月她……

咧起嘴角，像貓咪一樣邪笑，挖苦般地這麼說了：

——這個嘛，你說呢？

啊啊……每次回想起來，都讓我背脊發涼。

毛骨悚然，身上爬滿雞皮疙瘩。

這件事，一定就是最早的開端。

在這時候，這還只是令人莞爾的，情侶之間的打情罵俏。

但曾幾何時，那傢伙用筷子餵我吃飯變成了常態。

我自己用筷子變成了特例。

到最後——她再也不替我準備筷子了。

川波小暮已經死過了一次。

但為什麼，這種回憶還是留在我腦中，甩都甩不掉？

◆

「——……嗚嗚嗚……………………！」

帶著令人不適的滿身大汗，我迎接了一天的開始。

……怎麼又作那時候的夢？

我舉手擋住從窗簾隙縫射進來的光。本來期望澄淨的早晨陽光能幫我沖刷掉惡夢的記憶，然而惡夢的性質總是格外惡劣，就像咖哩殘留的汙漬一樣頑強。

我掀起運動衫的袖子，檢查自己的手臂，皺起了眉頭。整片皮膚爬滿了蕁麻疹，就好像吸附在岩石上的藤壺一樣。

這種起床方式，真是不能再糟了。

我心情低沉地走出自己的房間，看到餐桌上擺著一只包著保鮮膜的荷包蛋。還附上「我會比較晚回家，晚飯你就隨便吃吧。媽媽」這張重複使用的字條。

就跟平常的早晨景象沒兩樣。

多虧那場惡夢，只有腦袋特別清醒。我把吐司放進烤麵包機，然後先回自己房間迅速換上制服。

我把烤好的吐司與徹底涼掉的荷包蛋塞進嘴裡，和著牛奶嚥下去，到盥洗室整理儀容。

等拎著書包走出家門時，已經是早上八點四十分了。

當我走到公寓走廊上時，鄰居家的門開了。

裡面走出一個穿著跟我同一所高中制服的女生。

這個身高連一百五十公分都沒有的矮子，一注意到我就斜眼投來瞪人的視線。

我也回以瞪人的視線加以對抗。

「…………」

「…………」

只用這道交織著少許敵意作為調味的視線，當作打招呼。

馬尾搖晃著往旁一甩。

同時，我也別開了視線。

我們一前一後，走在單調無味的公寓走廊上。來到電梯大廳後，兩座電梯之一像是迎接我們到來般開了門。

我走進去。

小隻女沒進來。

她走進幾秒後開門的另一座電梯，身影就此消失。

等電梯關起門，完全變成了密室後，我才終於能夠放鬆心情。

我仰望被白晃晃的電燈照亮的低矮天花板，沉重鬱結地嘆了口氣。

——嚮往戀愛喜劇的全國一千萬個男生啊。你們若是聽得見我的聲音，只有這句話務必銘記在心。

聽我一句勸，千萬不要跟住在隔壁的青梅竹馬交往。

住我隔壁的南曉月，對我來說就像姊妹一樣。

我們的爸媽都經常因為工作而不在家，就像時下的大多數日本人一樣，早出晚歸。我從升上小學培養出一定的獨立性後，就開始一個人看家了。

在這樣的狀態下，隔壁鄰居有個年紀相同的小孩——

想不做朋友都難。

爸媽不在的時候，我們會到對方家裡混時間，玩遊戲、聊天、做些煮飯或洗衣服等等的家事，或者是什麼都不做——這樣的生活持續了好幾年。

然後，升上了國中。

所謂的思春期來臨。

想不喜歡上對方，恐怕也一樣很難。

國三的時候，我們的關係從青梅竹馬變成了男女朋友。

剛開始當然是很開心了。她是我這輩子的第一個女友，而且從小就在一起，其實我本來就有一點點喜歡這個青梅竹馬了。

也因為實際距離相近，我們一天二十四小時都在耍甜蜜。在家裡更是難分難捨一秒不分開，我說：「我想上廁所，可以離開妳一下嗎？」她甚至會說：「不要，我也一起去。」變成了這種令人想吐的笨蛋情侶。

可是呢，這種關係，怎麼可能長久？

又黏又纏膩在一起，最多也只有剛開始的一個月會開心吧？連上個廁所都要耍脾氣，冷靜想想根本煩死人吧？等過了一陣子腦袋冷靜下來之後就該調整成適度的距離，拉好個人空間的界線，懂得節制地享受情侶關係才對吧？

但是，南曉月的字典裡，沒有「節制」二字。

那女的過了一個月、兩個月甚至是半年，照樣二十四小時巴著我不放。走在外頭就挽著我的手臂，回到家裡就坐在我的大腿上。

不只如此，以前分攤的家事也變成都由她來做。

我的三餐全部由她準備。

我的飲食連0・1大卡都被那女的掌握得死死的。

我穿的衣服每天都是她挑的。

頭髮長度也被她調整得分毫不差。

洗澡豈止背後，全身都被她洗遍了。

早上被那傢伙說「早安」叫醒，晚上聽完那傢伙說「晚安」再睡覺。

無微不至的甜蜜放閃生活？少說蠢話了。

這根本是養寵物。

對那傢伙而言，我是男友但不是人類。

搞到最後，我生病了。

罹患胃穿孔而住院，原因是壓力太大。

那傢伙來病房探病時，我一股腦地大聲罵她，罵到那傢伙崩潰痛哭。

就這樣，我們不再是男女朋友了。

也不再是青梅竹馬了。

只剩下住在隔壁的地理條件。

你們知道嗎？日文有一個名詞可以精準地形容這種狀態。

對——就是人間地獄。

「啊！……川波，早啊！」

一進教室，同班的西村就跟我搭話。

我自認為屬於善於處世的類型，在這私立洛樓高中同樣認識了許多熟人。當中也包括了一大票女生，而其中西村屬於講話機會較多的一群。

「喔喔，西村，早……嗯？今天換洗髮精了啊。」

「咦！看、看得出來嗎！」

「因為我每天都在聞嘛。」

「啊哈哈！很噁耶～！」

西村一邊笑得開朗，一邊用力連拍我肩膀幾下。我也配合著一起笑。

結果，狀況來了。

西村用手指輕輕捻起了自己的髮梢。

「……不過，好像又有點高興。」

她的視線斜著往下閃躲。

指尖疼惜地撫觸自己的頭髮。

嘴唇靦腆地微笑。

最大的一點是，微微泛紅的耳朵。

一看到這些現象的瞬間，一股令人發毛的寒意竄遍了全身。

「……抱、抱歉。我去上個廁所。」

「咦——？在家裡上完再來啦——」

沒有距離的笑聲，更惡化了我的寒意。

我勉強掩飾過去，十萬火急地衝出教室，跑進了男廁。

可能因為一大早的關係，廁所裡沒別人。我站在洗臉台前，戰戰兢兢地，看看鏡子裡自己的手臂。

一如所料，上面滿是蕁麻疹。

……該死。

我扭開水龍頭，啪唰啪唰地洗過臉後漱漱口。雖然只有安慰效果，但可不容小覷，涼水慢慢沖掉了寒意與蕁麻疹。

國中時期的經驗，對我造成了難以抹滅的心靈創傷。

這種創傷變成了可稱為「戀愛感情過敏」的體質，至今仍然折磨著我。這就跟上過戰場的人聽到巨響會一時失去理智一樣，只要稍微感覺到一點來自女生的好感就會讓我身體出狀況。

我恐怕是再也別想談戀愛了。

不過關於這點，我不怎麼懷恨在心。

我反倒還心懷感激。因為那段經驗與這種體質，使我才念高中，就悟出了一個人生大道理。

亦即——戀愛只可遠觀而不可褻玩焉。

「喏。」

午休時，事情突然發生了。

我的同班同學兼友人伊理戶水斗，把紙盒包紅茶放到了他的繼妹伊理戶結女的桌上。

「這樣就沒怨言了吧。」

聽到他那帶點挑釁的口氣，伊理戶同學抬頭瞪他一眼。

「……你有什麼資格這麼不爽？感覺很差耶。」

「不要拉倒，一樣我來喝。」

伊理戶水斗說完就伸手去拿紅茶，但伊理戶同學搶先一步，急著一把抓住了紙盒包。

「我的意思是，你少說了一句話！」

「……我已經展現出誠意了吧。」

「用言詞展現啊，言詞！」

「我之前講過了，是妳不愛聽。」

伊理戶在制服口袋裡翻了翻，噹啷一聲把三枚硬幣放在桌上。

一枚五十圓硬幣加上兩枚十圓硬幣，一共七十圓。

「拿去，這是利息。」

「嗄啊？給我等——」

無視於伊理戶同學制止的聲音，伊理戶坐回自己的座位，打開了便當。

這是他的拿手本事——謝絕往來防護罩。

這下即使是伊理戶同學也不能再說什麼……

「我們走吧！」

她憤憤地讓黑色長髮隨著身子翻飛，就跟幾個朋友一起離開教室了。

「什麼？怎麼啦？」「不曉得耶……？」

教室內傳出困惑的竊竊私語聲。

關於伊理戶水斗與伊理戶結女的兄弟姊妹關係，由於開學後沒多久就發生了一場小騷動，帶來了一種碰不得的氛圍。特別是水斗，他那孤傲個性真是非同小可。再加上兩人的成績都好得不比一般，大家感覺與他們有距離也是理當如此。

不過這種氛圍，有一半是我營造出來的就是了。

所以其他那些局外人，大概不太清楚剛才那段鬥嘴是什麼意思吧——但到了我這種道行，要猜出內情可是易如反掌。

我靠近默默吃便當的伊理戶。

「你啊……就不能換個說法嗎？」

「……你在講什麼？」

伊理戶口氣粗魯地回答。

「一樣我來喝」「這是利息」——從這兩句話來推測，大概是伊理戶同學買來的紅茶，被這傢伙喝掉了吧。住在同一個屋簷下很容易發生這種狀況。於是他剛才就連本帶利地還了債。

「七十圓啊……」

「……怎樣啦，你很煩耶，川波。」

我忍不住偷笑起來，伸手遮住嘴巴。

利息七十圓——這是找的零錢。

那個紅茶在校內福利社賣一百三十圓——付兩百圓就會找七十圓。

這個線條纖細的俊秀文青，一到午休就急著衝去福利社，趁紅茶還沒賣完之前買來。只為了跟伊理戶同學道歉。

那個紅茶在超商也有賣，其實上學時順便買就好了。之所以沒那麼做，一定是在整個上午的課堂上，一直在煩惱是該道歉還是繼續倔強下去。所以到了關鍵時刻才會變成那種態度——哼哼哼哼！

我一邊沉浸在內心深處湧起的幸福感受中，一邊大嚼午飯的甜麵包。

我是戀愛ＲＯＭ專。

是個以觀察他人的戀愛，或是戀愛未滿的微妙關係為人生樂趣的男人。

儘管經歷尚淺，至今我已經觀察過了各種二人組——從現實中的朋友到影片分享網站的上傳者，大小通吃。其中尤其是這兩人——伊理戶水斗與伊理戶結女，更是觸動了我的心弦。

如果能夠一邊旁觀這兩人的關係一邊死掉，那我就死而無憾了。拿打工薪水當課金玩家都無怨無悔。因為與其為自己打扮，把伊理戶打扮一番看看伊理戶同學的反應更是有趣了幾億倍。

啊啊，今天還是一樣下飯！

「……嗯？」

蓋上便當蓋子的伊理戶，無意間眼睛看到了某個東西站了起來。

是怎麼了？照平常的話接著應該是讀書時間……

我往伊理戶走去的教室門口一看……

「什麼……！」

暖洋洋的心情急速冷卻，我差點忍不住站起來。

一個女人從門口探出頭來，往教室裡偷看。

不可能看錯。那個發育過剩的特大號胸部是——東頭伊佐奈！

那個大約從上個月開始接近伊理戶的小三……怎麼會跑來這裡？妳應該都是在放學後的圖書室才跟伊理戶碰面吧！

我這個水斗×結女派是又急又氣，但對伊理戶來說，放學後跟東頭碰面似乎已經成了習慣。

即使是我也不能妨礙伊理戶的日常習慣，更何況可能會惹火他本人，因此放學後的狀況我都視若無睹——況且不過就是放學後的膚淺關係，我不認為能比得上在班上或家裡都一起的伊理戶同學。

本來應該是這樣的——但她午休跑來幹麼？

「怎麼了，東頭？」

伊理戶對東頭講話的語氣，比跟伊理戶同學相處時柔和多了。聽起來與其說是女友或朋友，不如說比較像是跟妹妹或親戚小孩講話，不知道是不是我希望如此？

「咦，是伊理戶的女朋友嗎？」「咦！胸部超大的……」「嗄？不只跟伊理戶同學住在一起，竟然還有女朋友！」「哦——兩人還滿配的嘛？」「胸部超大！」

吵死了你們這些局外人！才不是女朋友好嗎！少在那裡胡說八道！

兩個當事人似乎沒聽見教室裡此起彼落的不實訊息。

東頭抬眼偷看一下伊理戶的臉，兩手扭扭捏捏地在裙子前面搓來搓去。

「那個，這個～……聽說水斗同學你好像很沮喪。」

「我？誰跟妳說的？」

「她說要保密。」

「……妳的朋友當中，只有一個人會這樣講話。」

他說得一點也沒錯。

我的腦中，已經描繪出一個女人的模樣。

「我並沒有在沮喪……不過好吧，反正午飯剛好也吃完了，就去圖書室吧。」

「好！」

兩人有說有笑地往圖書室的方向走去。

我來到走廊上，呆愣地目送他們離去。

怎麼會這樣……這場午休時間，有剛才的紅茶插曲就夠了吧？根本不用來這種畫蛇添足吧！

忽然間，我感覺背脊竄過一陣寒意。

我像是受到它所牽引，轉頭往背後看。

南曉月就站在那裡。

臉上賊兮兮地笑著，一副洋洋得意的嘴臉。

「妳這傢伙……！什麼意思啊妳……！」

我把南曉月帶到無人經過的校舍後面，將她嬌小的身軀壓在校舍牆壁上，把臉逼近過去瞪著她。

換做一般女生已經嚇壞了，但曉月只是皺眉捏鼻。

「你嘴巴很臭，不要靠近我。」

「哈啊~……！」

「嗚哇！你爛透了！」

我可沒疏於做口腔保健，所以不可能有口臭，但曉月用力推我的胸口。當然，我就偏不退後。

「轉換目標了？不是說要跟伊理戶結婚好當伊理戶同學的乾妹妹嗎？」

「沒有啊，那個計畫我也還沒放棄。不過兩者相比之下，還是東頭同學比較有譜嘛？雖說已經被甩了，但有些感情是在告白之後才會開始意識到嘛？……再說，反正都已經被你發現了。」

「妳這傢伙！因為東頭的事情穿幫就沒在怕了，拿她來整我就對了吧！竟然把別人當棋子利用！」

「把別人當假人看的人沒資格說我吧～？」

曉月笑得好像把我當白痴一樣，眼神冰冷地注視我。

「真的很噁耶，看著別人在那裡偷偷賊笑……別人的戀愛有什麼好看的？」

「全部都很好看，怎樣？」

「戀愛不是用來看的，是用來談的吧。」

「妳還真有臉講啊。」

「……唉。總之你走開啦，我得去給東頭同學提供協助才行。」

「妳以為我聽了會讓開嗎？」

「那就怪不得我了。」

什麼怪不得——我還來不及問，曉月突然拆掉髮圈，放下了綁成馬尾的頭髮。緊接著，把放下的頭髮在肩膀高度重新綁好，變成低雙馬尾的髮型。然後從裙子口袋裡拿出眼鏡戴上，整個人氣質頓時截然不同。像是會當圖書管理員的那種女生……

她到底在幹麼——就在我心生不祥預感的瞬間，曉月的嘴唇歪扭著邪笑了。

「——對不起！」

曉月不必要地拉開嗓門喊道，同時猛烈地彎腰低頭。

……對不起什麼？

我腦子正亂成一團時，耳朵聽見了令人尷尬的嘈雜聲。

「哎呀～」「沒成功啊——」「那女生是誰？沒見過耶。」

我抬頭往上看，就看到從校舍的窗戶內側，有一大堆人臉在看我們。

我頓時搞懂了。

陷阱——這是陷阱！

曉月迅速從我的懷裡溜走，快步離開現場。

我看到她右手拿著手機。

這些聽眾是那女的召集來的。為的是捏造既成事實！

那女的——給我冠了個告白砲灰男的汙名！

我現在要是追上去，就會變成「被女生甩了還苦苦相逼的病態傢伙」。這麼一來高中生活將會失去所有光明。會變得很難暗中為伊理戶家那兩個營造環境，也會變得再也無法預先剷除對兩人有非分之想的壞胚子！

怎麼辦？我該怎麼辦？難道就只能放任她的行徑？

腦細胞中的突觸連連彈開。神經元之間傳遞無數的電氣訊號，給予了我一道天啟。

「喂！」

我叫住了曉月。從整棟校舍傳來刺人的視線扎在我身上，但好歹讓曉月回頭了。

……如果可以，我實在不想使出這個手段。

這樣我也無法全身而退。不，說不定我受到的傷害更大。

但是，顧不得那麼多了……！

我從口袋裡拿出手機讓曉月看個清楚——膽大包天地撇嘴說：

「……那麼，這個是不是刪除掉比較好？」

我用手指戳一下播放鈕。

緊接著——手機開始播放聲音。

『早安，小小♥今天也要上學喔♥再不起床我就要對你惡作劇嘍～？』

「哇啊啊啊啊啊啊啊啊啊啊啊啊啊啊啊啊啊啊啊啊啊啊啊啊啊啊啊啊啊啊啊啊啊啊啊啊啊！！」

曉月試著用尖叫蓋過手機播放的，像是替巧克力淋上黏黏蜂蜜般的嗓音。

在外面都聽得見，校舍裡充斥著與剛才有所差別的嘈雜聲。

八成是在懷疑我們的關係吧。

我告白之後，這女的回絕了。如果只是這樣的關係，我的手機裡面不可能會有這種錄音檔──這個剛開始交往時，這女的自己製作的鬧鐘鈴聲！

『討厭啦，小小你好愛撒嬌喔♥就這麼想要我對你惡作劇啊？真拿你沒辦法，討厭……啾♥』

黑歷史的聲音在校舍後面嘹亮地迴盪。

曉月整張臉紅到耳朵都燒了起來。

隨著異樣的眼光開始從我移到曉月身上，小隻女粗魯地邁著大步走到我面前來。

我咧嘴一笑。

曉月凶狠地瞪我。

她抓住我拿著手機的那隻手腕，把我帶離了現場。

「真不敢相信，真不敢相信，真不敢相信……！那個你竟然還沒刪掉！」

「養兵千日用在一時啦！」

「你去死啦！」

這種單調的罵人話，反而讓我更得意。

地點在一年級教室以外的另一棟校舍。剛才的騷動似乎沒傳到這裡，沒有人用好奇的眼光看我們。

「奉勸妳一句，別以為能輕易鬥智鬥贏我。為了捍衛那兩人吊人胃口的關係，我甘願被打得滿頭包。」

「……配對廚真的噁斃了。」

「叫我戀愛ＲＯＭ專。」

「真要說的話，根本只有我被打得滿頭包嘛！」

「哪有啊。」

我把穿短袖的手臂擺到曉月眼前。

紅通通的蕁麻疹，爬滿了我的手臂。

「……這是……」

「聽到妳甜膩膩的聲音怎麼可能不變成這樣？其實我現在一整個想吐。」

「天啊，你臉色很糟耶！」

「嗯嗚……！」

「哇——！停下來停下來！吞回去！」

曉月用小手摀住我的嘴巴。嘴唇感覺到她手心冰涼的觸感，加重了我的反胃感，但總算是在喉嚨裡勉強壓下去了。安全過關。

「唉～……」

曉月心灰意冷地嘆一口氣，繞到我旁邊。

「……受不了，真是敗給你了……來，抓著我的肩膀，我陪你去保健室。」

「嘔嗯嗯嗯嗯嗯嗯……」

「不要一聽就開始想吐！沒帶戀愛感情啦！」

「喔——這樣啊……那就沒事……」

「真是……明明就不適合當體弱多病角色……」

「喂，妳以為是誰害的啊。」

「是是是，真是對不起喔！」

個頭大約比我矮三十公分的曉月，的確滿適合當成拐杖的。我抓住她細瘦的肩膀，曉月就伸出手臂扶著我的腰。我們就這樣開始往保健室前進。

蕁麻疹還沒有要消退的跡象。

「……我說妳啊……」

「怎樣啦？不要一直講話，會發出酸臭味。」

「信不信我直接吐在妳頭頂上？……我說妳啊，假如真的撮合了伊理戶與東頭，之後妳要怎麼辦？」

「……什麼怎麼辦？」

「妳再怎麼誇張，也不可能以為能跟伊理戶同學本人結婚吧。就算讓伊理戶同學恢復單身，也不能讓妳自己獲得半點幸福啊。」

曉月諷刺般地哼笑一聲，斜睇了我一眼。

「怎麼？你在擔心我啊？」

「哪有可能啊，妳要死在哪條路邊都不關我的事……只是啊。」

我斟酌了一下字眼。為的是準確、不造成誤解地表達我的心情。

「我實在不認為妳拉攏得了伊理戶。而就算把東頭跟他湊一對，妳自己也得不到什麼好處……那這樣豈不是表示，妳做的事情完全沒意義？……我只是這麼想。」

不是在擔心她。

也不是在同情她。

只是……該怎麼解釋才對？應該說有點……不是滋味？

因為就算是這傢伙種的因好了，那個結果是我自己選擇的……也許我多少，也覺得該負點責任吧……

「……明明嘴巴就很笨，不用試著講一些很艱深的道理沒關係。」

「啊啊？我嘴巴哪裡笨了？」

「你只是很會耍嘴皮子而已……雖然我也一樣就是了。」

我不禁沉默了。

……只是會耍嘴皮子。聒噪地，盡說些空話。

想不到她有時候也挺會講的嘛。

「欸。」

「……嗯？」

「你蕁麻疹已經退了喔。」

我看看她指著的手臂，的確，手臂上浮現的紅點完全消散了。而且也已經不想吐了。

「哦哦……亂聊一些有的沒的，不知不覺間就好多了。送到這裡就行啦。」

「明明是你先開口的。」

「哎，妳高興怎樣就怎樣吧，情場敗將。反正伊理戶不會上鉤，東頭也沒那個意願啦。」

「你說誰輸給什麼了！」

我有驚無險地躲過曉月對上腹部的拳擊，順便從她身邊離開。

曉月一張臉氣噗噗的望著我。幹麼擺出這種嘔氣的表情啦。現在再來擺出這種表情，我已經不覺得可愛了——

就在這時，嬌小的身軀忽然鑽進了我懷裡。

「……小小。」

那是她對我這個青梅竹馬的暱稱。

比我矮了足足三十公分的頭，霎時間迎面湊近過來。曉月盡可能地踮起腳尖，讓嘴唇靠近到極限——小聲對我呢喃：

「（假如我真的輸了——你願意讓我幸福嗎？）」

怦咚一聲，我的心跳亂了拍子。

這話，究竟是，什麼——

疑問還來不及變成語言，一陣寒意竄遍了我的全身。

「嘔噁噁噁噁噁噁噁噁噁噁噁噁噁噁噁！」

「那就這樣嘍。」

丟下噁心反胃得痛苦掙扎的我，曉月三步併兩步地走遠了。

我摀著嘴巴抬起頭來，看到那越走越遠的背影，浮現出只有我這個前青梅竹馬看得出來的情緒。

——那傢伙在生氣。

看來我在不知不覺間，踩到了她的地雷。

……不過算了，事到如今都無所謂了。

◆

我迫不得已在保健室度過了第五節課，到了第六節才好不容易回到教室。

一進教室，我就對班上個頭最矮的女人投以「做事情要懂得分寸」的視線，但她當然沒理我，看都沒看我一眼。

然後到了放學後，伊理戶拿著書包站了起來。

今天大概又是要去圖書室，跟東頭伊佐奈碰面吧。我實在很不願意接受這種狀況，但是

抱怨會讓伊理戶對我爆氣，我毫無辦法。

受不了……今天真是屋漏偏逢連夜雨。

我正要把嘆氣吞回肚子裡——但就在前一刻，事情發生了。

伊理戶水斗站起來，走過伊理戶同學身旁的瞬間，對她小聲低語了一句話。

我沒聽見他說什麼。

我的耳朵只勉強接收到……伊理戶同學隨後的回答：

「……早點這麼說，不就沒事了？」

——啊！！！

準備站起來的屁股又坐了回去。

我直接趴到了桌上。

我忙著整理肆虐身體內側的澎湃感情，其他事都管不著了。

他終於道歉了！在我都忘記了的時候！你喔！真了不起！！

「……真的很噁耶。」

聽見潑冷水般的冰冷聲音，我抬起了頭來。

只見南曉月用冷漠的視線斜睨著我。

啊啊？少來妨礙我啦！我現在沒在跟妳說話！

我恨不得直接講給她聽，但曉月在我開口之前已經迅速調離視線，用手指摸了摸自己的馬尾髮梢。

「不過嘛……該怎麼說呢，害你第五節請病假讓我有點內疚……」

她就這樣把摸過的馬尾，拉到了嘴邊來。

「（……剛才，我可能，有點……太過分了。）」

連嘴唇的動作都不讓任何人看見，只有我聽得見她呢喃的聲音。

平常的三寸不爛之舌，一時之間竟然不肯動了。

在這時候，曉月已經急急忙忙地走遠了。

我只能像狗追著自己的尾巴跑一樣，出於本能地目送她的背影離去。

——事到如今，我們已經沒剩下能言歸於好的感情。

因為我們現在就算擅自吃掉對方的布丁也不會吵架，恐怕甚至不會覺得內疚——那對我們來說，已經成了理所當然。我們已經失去了那個部分，但伊理戶家的兩人還沒有失去。

喔，原來如此。

也就是說，說來說去還是有意義的。

就算到頭來得不到幸福……也並不是沒有意義。

因為——

「……該道歉的是我啦，傻瓜。」

——我們都學會了反省。

友。

這實在是一件令人背脊發涼的事實，就是我在國三的一段時期，曾經有過所謂的男朋友。

對方是我從懂事以來就認識的青梅竹馬——真的可以說就跟兄弟一樣，一個理所當然地陪在身邊的傢伙。

我想問大家，有迷戀過哥哥嗎？有暗戀過弟弟嗎？

好吧，這世上當然也有這樣的人，不過真要說的話，偶爾見面的親戚成了初戀對象的人應該更多——沒錯，人大多都是暗戀偶爾才能見面的某某人，而不是每天在一起的人。

所以對我來說，那傢伙根本不會是什麼戀愛對象。

——直到那一刻為止。

以前好像有個名詞，叫做鑰匙兒童。

就是指那些身上帶著家裡鑰匙，放學回家時家裡沒人的小孩。

現在小孩帶著家裡鑰匙很正常，家裡沒人也很正常，但以前似乎只占少數，還需要特地用這個名詞做區分。

當時念小學的我，就跟平常一樣自己開門，走進了自己家裡的玄關。

不用說「我回來了」。

因為沒有人會聽見，所以當然不用說。

就連「再見」今天也沒說。

因為沒有朋友會聽見，所以當然也不用說。

我得坦白，我屬於依賴心比較重的類型。

只要一跟別人要好就會黏得很緊，變得不管做什麼事都離不開。對方只要稍微跟我保持距離我就會擔心，變成煩人的纏人精。就像上次，我才剛剛不小心對結女做了一樣的事。

當時我還缺乏這種自覺，不懂得克制……所以大家都跟我保持距離——連放學一起回家的朋友都沒有。

我把書包放在客廳沙發上，往餐桌看看，一張字條寫著「晚飯在冰箱裡」。於是我打開冰箱一看，成堆的冷凍食品在對我招手。就跟平常一樣，愛吃哪種就吃哪種。

我從來不覺得這種生活很可悲。

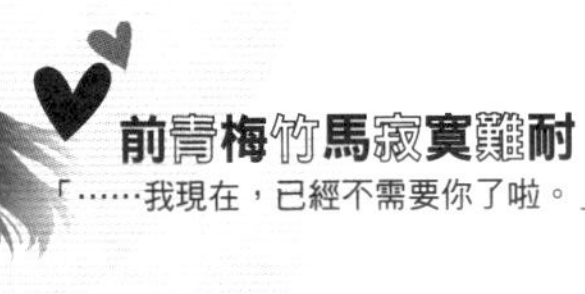

早就習慣了，也一直以為本來就是這樣。

只是……有時候……

——……今天要吃哪種好呢——

說說看的喃喃自語，沒得到任何人的回應……有時會讓我控制不了情緒，變得好想哭。

我一屁股坐到沙發上，拿起固定放在客廳桌上的平板電腦，打開影片網站。看著訂閱頻道的新影片，我雙腳上下踢動著哈哈大笑。

這就是我每天放學後的生活。

——……擾了——

——打擾了——！

這時，我聽見隔壁鄰居的熱鬧聲音。

是小小他家。

小小人見人愛，有很多朋友，所以經常帶朋友到家裡玩。小小的爸媽很少回來，家裡有WiFi，又有好多電動玩具，對男生來說是最棒的聚集地點。

我跟那傢伙，並不是這時候就已經疏遠了。在這段時期，我們已經會一起正常吃晚飯……只是，那傢伙是天生的陽光系，是那種有一百個朋友的討厭鬼，所以跟我一起玩的時間變少了。

我只是覺得，這或許是沒辦法的。

因為那傢伙跟新認識的朋友，看起來玩得好開心——況且，我不希望連小小都像其他朋友一樣嫌我煩。

假如我也像小小一樣，找很多朋友來家裡，會不會很好玩？

我不是很清楚，於是想像了一下。我這人很不會察言觀色，會把氣氛弄僵，搞不好一個人還比較開心。像我現在這樣看影片上傳者玩貓的影片看好幾遍，一個人看的話就不會有人來說我奇怪——

——川波，你是不是在跟南交往啊——？

事情來得突然。

牆壁另一頭傳來大聲的挖苦，心臟重重跳了一下。

大概正好就是那種年紀吧。

學到一些知識，開始人小鬼大，只不過是男生跟女生待在一起就要起鬨；大概就是進入了那種時期吧。

小小卻沒有改變與我的距離，所以遲早會被這樣問到。或者也許只是我之前沒聽到，其實小小已經被問過好幾次了。

我開始好奇，想知道他會怎麼回答。

我並不是小小的女朋友。就算只是玩笑話，別人這樣亂講會讓我很困擾。因為小小那麼受歡迎，人家可能會說我得意忘形，開始欺負我……

現在回想起來，我真是膚淺。

只想到我自己。只在乎我自己方不方便。

不像小小──那麼真誠地為我著想。

──嗄啊──？就跟你說不是那樣了。

──那傢伙比女朋友有趣多了。

一聽到的瞬間，我全身僵住了。

我變得無法思考，耳朵裡只充滿了心臟噗噗狂跳的聲響。

──那不就是喜歡嗎──？

──就～說～不是了嘛！不要拿她跟那種無聊的東西比啦！

這些聲音，全都直接從另一個耳朵飄走。

影片不知何時，已經變成了沒看過的內容。

平板電腦掉到地板上。

我撿都沒撿，搖搖晃晃地走去自己的房間──

砰！整個人倒到床上。

——～～～～～～！！

我把枕頭擁入懷中，雙腳上下踢動。

活像剛剛跑完步的發燙臉孔、一直怦咚怦咚響個不停的胸口，還有在體內打轉的高溫；我完全不知道該怎麼做，才能把它們治好。

他一定會被挖苦，一定覺得很煩。就算他撒謊打馬虎眼，我也不能有什麼怨言。

小小卻還是說，我比女朋友好。

也許那只是一時的回嗆，也許只是不假思索就說出口了。仔細想想其實根本不懂是什麼意思。什麼叫做我比女朋友有趣？

……可是。可是，即使如此。

這時候的我好高興，好高興，好高興，到了無可救藥、**腦袋瘋狂**的地步。

啊啊……我懂了。

我腦袋裡的某個重要零件，大概就在這時候報廢了。

——啊啊，可是，這下糟糕了，糟糕了。

——這樣小小，會永遠交不到女朋友的。

——都是我害的。他好可憐喔……

——……啊，對耶。

——如果小小哪天，想要交女朋友……

——到時候，就只能我來當他女朋友了。

就這樣，地獄的種子萌芽了。

◆

「嗯啊啊啊啊啊啊～～～～～～～～～～～～」

暑假到了。

所以我在自己的房間床上，抱著枕頭滾來滾去。

「結女～～～～～～～～～」

我之前什麼都沒在擔心。

我想得太美了，以為——即使學校放假了，只要訂好出去玩的計畫，就隨時都能跟結女碰面。

然而，結女比我想像的認真多了。

她說想早點把作業寫完，所以整個七月都沒有計劃出去玩。

雖然我也喜歡她的這種個性，但結果使得我只能空虛沒人陪，陷入了結女缺乏症。

在這種時候，我會打從心底怨恨跟她住在同個屋簷下的伊理戶同學。真心不騙。由於我恨死了，於是決定今天照常用ＬＩＮＥ把他煩死。我戳我戳。雖然連個已讀都沒有，但我不會氣餒的。

我就這樣度過了上午時光，但到了快中午時，叮──咚──門鈴響了。

不是公寓入口，是我家門口的門鈴。這棟公寓大門會自動上鎖，所以應該是住同一樓的鄰居吧。老實說我一整個懶得應門，但畢竟是在負責看家，完全不予理會總是不太好。

「來了來了──」

我跨過脫了亂丟的衣服往玄關走去，沒看門眼就喀嚓一聲開了門。

門外站著一個鄰居。

而且是我最熟，也最不想見到的鄰居。

「嗨。」

住在隔壁的同年紀男生這麼說，輕鬆地舉了一下手。

簡而言之，就是川波小暮。

「…………」

我二話不說就想關門。

「哼，沒這麼容易。」

但川波就像推銷員一樣，把鞋子卡進門縫裡。

我抬頭用死魚眼瞪著看了就討厭的嘻皮笑臉。

「……你要幹麼？請不要擅闖女生的家好嗎？我報警嘍？」

「我也不想來好嗎？是阿姨說她有一陣子不會回家，託我注意妳的狀況。誰教妳明明會做家事卻不愛做，一放假就很容易懶癌發作。」

「……我哪有懶癌發作。」

「看妳這副德性還好意思講。頭髮亂七八糟，襯衫皺巴巴的，仔細一看連內衣都沒穿。啊，其實好像也沒必要穿喔。」

「救命啊——！誰來——」

「吵死了，擾亂鄰居安寧！鄰居早就知道妳這是在騙人了啦！」

「唔喔嗄嗄嗄！」

川波用手摀住我的嘴，直接把我往大門裡塞。根本犯罪者一個。總之先踢他胯下一腳再說。

砰！腳踢到了硬硬的東西。

「很遺憾，早就做好防護措施了。」

「唔嗚嗚嗚……！」

看來同一招不再管用了是吧？還給我耍小聰明。

我懶得把他推出大門外，就從玄關回到了客廳。

「你是來看我的情況對吧？好好好，想看就看吧？」

「那我就不客氣了……嗚哇！」

一跟著我進了客廳的瞬間，川波就像看到死貓一樣鬼叫一聲。

「這也太亂了吧。好歹泡麵碗丟一下吧。」

「你很囉唆耶……」

我踢飛掉在地板上的零嘴包裝盒，一轉身就躺到了沙發上。

以前明明都是我在照顧他，現在倒得意起來了……

好吧，讓我使喚我就使喚。反正我現在沒精神打掃。

川波拿垃圾袋過來，把地板上的垃圾一個個往裡頭扔。這男的不用問我，就知道垃圾袋之類的東西放在哪裡。

我繼續趴在沙發上，擺動著光溜溜的腳滑手機時，川波忽然傻眼地望向我的這副模樣。

「妳啊，都不會在意我的目光喔？」

我今天只穿著一件特大尺碼的襯衫。沒錯，就這一件，下半身只有穿內褲。鬆垮垮的襯衫就像連身裙，所以在家裡穿這樣就夠了。又輕鬆，又涼快。況且在這傢伙面前在意穿著也沒意義。

然而川波家的小暮同學，眼睛似乎忍不住要看從我襯衫下襬伸出的大腿，以及下襬底下若隱若現的部分。哼哼——？

「對不起喔——？是不是看著我的美腿慾火中燒了啊？按捺不住的話就趕快回家解決一下沒關係喔？」

「哈！這個嘛，我今天比較想看巨乳。」

「信不信我宰了你！」

我拿起靠墊丟過去。川波輕鬆接住丟回到沙發上，開始到處撿我脫了亂丟的衣服。

「嗯！不要把內褲丟在客廳啦。」

「不准偷喔，我現在內褲不太夠用。」

「妳胖了？」

「當然是因為我衣服堆著沒洗好嗎！」

「都很讓人難以恭維啦。」

我滑手機滑膩了，懶洋洋地翻身改成側躺，望著勤快地收拾房間的川波。

「我說你啊——」

「啊？」

「對自己都是應付了事，對他人卻很雞婆呢。」

「妳有資格說別人嗎？妳沒看到這個把應付了事四個字具體化的屋子嗎？」

「你對伊理戶同學也是這樣。」

「妳對東頭不也是一樣？我聽說了喔，妳好像事事給她出主意啊。」

「……是不是在同樣的環境下長大，個性也會有點像？」

「嗄？我跟妳嗎？」

川波嗤之以鼻。

「妳如果是在故意氣我，那妳成功了。」

……好吧，其實我跟這傢伙並不像。我們像兄妹一樣一起長大，但毫不相像到了諷刺的地步。像我本性是個陰沉系，這傢伙卻是天性的陽光系。

「啊——氣死人了。」

「不要抱怨個沒完啦。我把屋子打掃到能見人就會閃人了，今天還有事。」

「什麼——？什麼事？交到女朋友了？」

「妳是故意想激我嗎？想激我就對了吧？」

我哼笑一聲。

這傢伙之所以會變成不能交女朋友的體質……不用隱瞞，就是我害的。

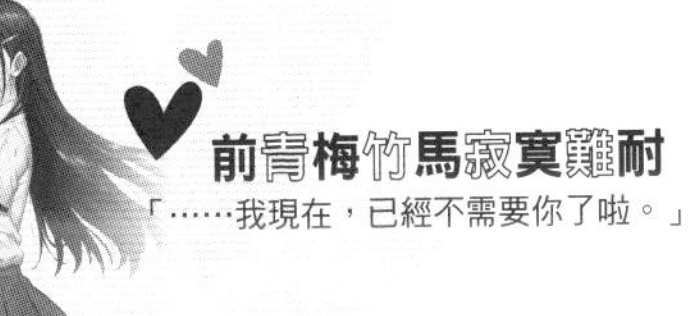

「中午會有客人來家裡。哎，我想應該不會太吵，放心吧。照客人的個性。」

「哦——所以是某個文靜的同學嘍。」

「對啊，妳也知道他的為人。」

川波別有深意地歪唇說了。

「就是伊理戶家的水斗同學啦。」

我說我也要過去，結果被拒絕了。

真沒意思。本來想看看如果我當著他的面推倒伊理戶同學，他會作何反應的說。不過好吧，照伊理戶同學的個性大概會面不改色地把我推開吧。沒譜到讓我想哭。沒有啦我亂講的。

看來可能還是讓東頭同學進攻比較好。然後等結女恢復單身了，我要做什麼才好呢……

啊——好想要結女陪我睡覺喔……

就在我天馬行空地想著這些事情當消遣時，就聽見外面走廊上有人在說話。

看樣子是伊理戶同學來了。

聲音移動到了隔壁間，但是太模糊了聽不清楚。哎，畢竟現在隔音比以前好多了嘛。

伊理戶同學竟然會來玩，真稀奇。我很想知道他過來的目的，但那傢伙不肯告訴我。換作是我的話，才不可能離開有結女在的屋子跑去他家呢。絕對是有著某些目的。

「————，————」

「——，————」

我豎起耳朵偷聽，但仍然只能聽見細微的聲音。他們在講什麼？只能聽見不清不楚的聲音，害我更加在意起來了。

「……呃，記得應該……」

我慢吞吞地爬起來，到自己的房間翻找壁櫥。這裡已經變成了把可能用不到的東西暫時亂塞的倉庫，但我記得那個東西，應該還收在這裡——

「找到了找到了。」

我從雜物底下，挖出了連接著耳機與聽診器般零件的一個箱型機器。

隔牆監聽器。

它能夠接收牆壁傳導的振動，精確地捕捉牆壁另一頭的聲響，功能強大。是我念國中時用零用錢買的廉價品。

我稍微拍掉灰塵，把它拿到客廳的牆邊，轉開機身的旋鈕。確定正常啟動後，我戴上耳機，把聽診器形狀的麥克風貼在牆上找位置。

『——你真是不懂得珍惜耶。我們學校的所有男生都會羨慕死你好不好？』

『所以都說外國的月亮比較圓。我倒覺得你家的月亮比我家圓多了。看起來輕鬆自在，真令我羨慕。』

說話的聲音變得很清晰。

……可是，他們在講什麼？

『哈哈。原來如此，也就是說人都只會看到別人值得羨慕的一面。我還巴不得有人能來代替我咧。』

『……不了，我沒羨慕到那種地步。』

『……………………』

『喂，不要笑得這麼邪門，很噁心耶。我不是那個意思。我是不忍心把跟那講話帶刺的女人住在同個屋簷下的痛苦塞給別人。』

『我明白我明白。』

『明白才怪……』

嗯嗯——……

我只是在猜，但伊理戶同學之所以會來，該不會是不想待在家裡吧？

因為到了暑假必須二十四小時跟結女大眼瞪小眼，所以精神疲勞跑來避難……這樣？

真是不懂得珍惜！那麼不喜歡就跟我換啊！

然後反正我這樣說，他又會一臉不願意！我知道！啊啊，真的有夠難搞！

『那麼，差不多可以收取休息費了吧。』

川波的嗓門變大了。連透過麥克風監聽的我都聽得一清二楚。

『講話用詞太噁心了……不過好吧，畢竟已經跟你說好了。』

『進入暑假了，你們一定累積了很多小插曲吧！』

『一件都沒有，你少噁了。更何況我們都已經一起住了四個月耶？哪會那麼容易就發生意外啊。』

『不是意外事件也行啊，我真正想聽的其實是稀鬆平常的日常插曲。比方說，我想想……你們午飯都怎麼吃？不像之前上學是吃便當。』

『噢，對喔，是發生過一件事。之前那女的蠢到竟然想做午飯……』

結女親手做的料理！

『那傢伙的手指差點變成炒飯配料，結果只好我來負責切菜。』

不只如此……咦？拜託等一下。那豈不是……

『……難道說，伊理戶……於是你們兩個人，就一起站在廚房……？』

『嗯？呃，是啊。』

為。

嘰嘰嘰嘰！

我用指甲狠狠抓牆壁。聲響透過隔牆監聽器響徹我自己的耳朵，造成了意外的自傷行為。

『順……順便問一下，味道怎麼樣？』

『很難吃。這還用說嗎？有點燒焦，好像在吃木炭。』

太好命了吧啊啊啊啊啊啊啊啊啊啊啊！

這麼不懂得珍惜就跟我換——

『……不過嘛，比起上次吃到的，算是進步很多了。』

語氣顯得有點粗魯，流露出一絲不甘心。

我一聽就知道了。

——其實根本就滿好吃的吧！

『伊理戶……我姑且問一下。』

『怎樣？』

『你剛剛說的……「進步很多」當然有告訴伊理戶同學吧？』

『嗄？我幹麼跟她講啊。她要是因為這點小事就得意忘形起來，那還得了。』

『「跟她講啦！」』

牆壁另一頭的聲音與我的聲音重疊了。

我是很歡迎伊理戶同學的好感度下降，可是結女很可憐耶！

『……嗯？剛才好像有哪裡發出聲音……』

『啊，啊——大概是影片的聲音傳過來了吧？別說這個了，還有沒有其他插曲？再來一點！』

『其他嘛，我想想……進入七月時，我們發現那傢伙房間的冷氣壞了。在修好之前，那傢伙都到客廳避難，但我無意間一看，她竟然在沙發上打起瞌睡——』

伊理戶同學若無其事地講出來的所有插曲，都讓我咬牙切齒。

要是換成我該有多好！我要是遇到那些情形，接下來一個月都會過得笑咪咪的！

我激動到快要流下血淚，但我正在罹患結女缺乏症，不願意錯過珍貴的結女家庭生活小插曲。

我一下子滿腔妒火，一下子心裡又怦怦跳，情緒左右搖擺弄得我頭暈腦脹。

『非常好——就是這樣！還有呢還有呢？』

『……講累了。不要都讓我一個人講啊。偶爾你也該講講自己的事吧，川波。』

『嗯嗯？』

『南同學不是住你隔壁？應該會有一兩個小插曲吧。我是沒興趣，但她這人有點不按牌理出牌，我想稍微掌握一下她的行為模式。』

什……難道就像剛才的結女小插曲那樣，這次換成想聽我的事情？

我夾在嫉妒與幸福之間軋軋作響的一顆心，急速冷卻失溫。

『為了伊理戶同學？你這繼兄真是保護過度。』

『別以為挖苦我就可以敷衍過去。』

『……啊——……』

不……不准講——！拒絕他！你敢講講看後果自負！

『這個嘛，有是有啦……但我得先聲明，那些事情可沒有伊理戶同學的小插曲那麼溫馨喔？那傢伙可是來真的。我就直說了，其中也有一些部分是觸犯法律的。』

『我知道，所以才要問你啊。你不肯說的話，那我也不說了——「休息費」給得已經夠多了吧？』

『……受不了，你這人真是永遠不吃悶虧。』

我本來想摻牆壁的，但這樣會被他們知道我在偷聽。現在這一刻就會變成他要的插曲了。然而事到如今又不能假裝不知道……嗚嗚嗚嗚！

『讓我想想……記得是在念小學的時候吧。』

就在我無法採取行動的時候，川波開始說話了。

『爸媽幫我們倆一起買了智慧型手機。』

『小學就買？還真早。』

『因為爸媽常常不在家嘛，大概是希望能隨時聯絡得上我們吧。然後呢，反正我們都在場，我就跟那傢伙交換了手機號碼，還有ＬＩＮＥ的ＩＤ什麼的。』

『嗯。』

『結果呢，她從那天起就開始對我疲勞轟炸。』

『可想而知。她最近也在轟炸我，只是我都沒看。』

那……那只是因為第一次得到手機太高興了嘛。我並不是每天都想跟這傢伙說話，也沒有沉迷於聽這傢伙的聲音在耳邊呢喃。就跟爸媽幫自己買了新玩具的感覺一樣啊。

『我剛開始也覺得滑手機很好玩，所以有陪她聊天……但漸漸地就懶了，於是就直接請她稍微節制一點。然後好吧，ＬＩＮＥ轟炸與奪命連環叩就平息下來了……但是重頭戲來了。』

『地雷都已經爆炸了，還有東西可以爆炸？』

『就是有。有一天爸媽回來得比較晚，我想找那傢伙吃晚飯，就打給她。結果——你猜怎麼了？』

等……你怎麼能把那件事說出來！

『嗯嗯？她反而不接電話了？』

『對，她的確是沒接。因為——那傢伙的手機，在我的枕頭底下。』

『…………嗄？』

伊理戶同學那種完全不懂是怎麼回事的語氣，聽得我無地自容。

『我聽見枕頭底下傳來了來電震動聲。也就是說不知不覺間，它就放在那裡了。』

『她不是忘記拿走了……對吧？』

『當時我以為是這樣，就拿去還給她了。畢竟我那時還是小孩子嘛——作夢都沒想到，自己竟然被青梅竹馬竊聽了。』

『…………………』

我……我可以……我可以解釋……

那個只是我一時鬼迷心竅……也可以說是一發現有機會就忍不住想下手……因為只要錄到音，就不用再講電話了嘛……

嗚嗚嗚嗚！我從那時候到現在根本沒半點長進！跟我闖進結女家裡的時候根本是同一套思維！

『結果當時，我直到最後都沒察覺。但國中時期又發生了類似的事，我才終於想到「原來那次是這麼回事」。後來我家就永遠準備著防竊聽器的電波偵測器，到現在都還習慣定期做檢查。』

『……該怎麼說呢？』

伊理戶同學在斟酌遣字用詞，反而讓我更羞愧。

『你……住在這種人的隔壁，真虧你還能平靜過日子……』

『因為我早就經歷過地獄深淵了。比起那段日子，現在的狀況只不過是水花四濺的淺水區啦。』

『順便問一下，今天沒被竊聽吧？』

『那是當然的嘍，應該說升上高中之後就都沒有了……不過嘛，其實也有一些竊聽器是不會被電波偵測器抓到的，比方說——』

川波故弄玄虛地頓了一頓。

『——隔牆監聽器之類的？』

我心臟漏了一拍。

……該不會被發現了吧？明明發現了還故意讓我聽見？

仔細想想，他還特地告訴我伊理戶同學要來……難道說，全部都是為了整我？

我、我中計了……！他幹麼這樣精心策畫啊！就這麼討厭我嗎！……好吧，應該是很討厭我沒錯，我也知道。可是不要理我就行了啊。我去鬧他也就算了，他怎麼會主動做這種事……

總之，既然真相已經大白，我也沒必要繼續如他的意了。

但就在我想把麥克風從牆上拿開的前一刻，事情發生了。

『……不過嘛……』

麥克風接收到變得稍許柔和的嗓音。

『我覺得你不用那麼防著她啦。那傢伙……只不過是怕寂寞的程度，比別人多一點點而已。』

『聽你剛才說的插曲，我不覺得只是一點點。』

『別看她那樣，她已經進步很多了。像上次的伊理戶家擅闖事件，她心裡好像也有在認真反省。只要不失控就不會有事啦。』

『那如果她失控了，你怎麼辦？』

『到那個時候──』

『──我再去阻止她，不就得了？』

像是在開玩笑似的，川波帶著笑聲說了。

我把麥克風輕輕從牆上拿開。

……這句話，一定不是故意講給我聽的。他以為只要讓我知道竊聽已經穿幫，我就會拿開麥克風——

——我再去阻止她，不就得了？

對，我是很怕寂寞。

是個沒有別人的溫暖陪伴，就會凍死的脆弱人種。

可是——

「……我現在，已經不需要你了啦。」

◆

「好啦，我來了。幹麼啊，一大早就把人叫來。」

隔天早上，我把川波叫到家裡來。

如今我特地把這傢伙叫來，只有一個理由。

「幫我一起整理。」

「怎麼又來了？妳後來都沒自己打掃嗎？我看一定是被阿姨罵——」

川波邊說邊走進客廳，然後詫異地皺眉。

「——根本就整理得很乾淨嘛。哪裡還需要打掃……」

碗盤堆積如山的廚房，以及滿地的垃圾或脫下的衣物，後來我都自己收拾乾淨了。我只是之前提不起勁，其實這些我都做得來。

所以，今天想整理的，不是屋子。

「我要整理的，是這個。」

說著，我輕敲兩下連接著聽診器般麥克風與耳機的箱型機器。

就是隔牆監聽器。

「可以幫我拿去丟掉嗎？」

川波一言不發，視線從語氣輕鬆的我臉上移向監聽器。

「……這個嘛，我當然是再樂意不過了。但是真的可以嗎？」

「當然可以啦。又不能用這個去聽結女的聲音。」

「是說，妳不會自己去丟啊。我可不知道這種東西該拿去哪裡丟掉。」

「……我不是很擅長做斷捨離。會到處找藉口……捨不得丟掉。」

該扔的東西，早已丟棄的東西。

兩者到頭來，都還留在我的手邊。

「我已經查過要怎麼丟了……拜託。」

我覺得在這種時候，就應該誠懇地拜託他。

我抬頭盯著川波看了半晌，最後他深深嘆一口氣，用力抓抓頭。

「知道了啦……不過，有個交換條件。」

「咦？」

「今天的晚飯由妳來煮。家庭餐廳我已經快吃膩了。」

川波一邊說，一邊毫不費力地拿起監聽器。

我抬頭看著他的臉，輕蔑地哼笑一聲。

「到底誰才在怕寂寞啊。」

「啊？」

川波轉過頭來……

「……啊！」

慢了一拍才反應過來，說：

「妳！妳聽見——」

然後砰的一聲，失手把監聽器摔到了地上。

我轉身背對這樣的他。

反正已經把麻煩事順利推給他了，來跟結女講電話吧——♪

「喂喂——？結女——？作業寫完了沒——？」

「不是，回答我啊！妳聽到我講的那些話了嗎！」

誰理你啊。

現在再來看你臉紅的樣子，根本一點都不好玩。

那時候，我跟那傢伙還不是男生與女生的關係。

如果我記得沒錯，那是我家最初也是最後一次的全家出遊。全家都有來往的我們兩家，一起去了某個觀光地住宿。應該是在我念小學低年級的時候吧——畢竟已經是很久以前的事了，我不記得具體來說去了哪裡。

白天我跟那傢伙一起玩，笑笑鬧鬧，看到什麼有興趣的東西就跟爸媽要。也許那趟旅遊帶有平常沒能陪伴我們，趁這機會贖罪的意義在，記得那時雙方爸媽出錢都比平常大方。

然後，晚上我們在旅館住宿。

那是我這輩子第一次住飯店。

雙方爸媽大概是都累了，很快就沉沉睡去，但陌生的枕頭與被窩——再加上第一次的經驗使我精神亢奮，翻來覆去睡不著。

——好無聊喔。

正當我開始這麼覺得的時候……

有個暖呼呼的東西，扭動著鑽進了我的被窩。

——嗯啊……？

——噓——！

曉曉從被窩中探出頭來，賊賊地笑著在嘴唇前面豎起食指。

——小小，安靜。

我目不轉睛，注視著曉曉講話口吻像學校老師一樣，吃吃地笑著的臉龐。

——……妳在幹麼啊？

——閒著沒事做嘛。

——這樣啊。我也是，都睡不著。

——就是啊！

可是爸媽都早就睡著了，不能開燈玩遊戲。怎麼辦？

我想著想著，腦中閃過了一個極其單純的點子。

——有了。我們出去外面怎樣？

——咦？外面？不、不行啦……

——馬上就回來了，不會怎樣啦。他們不會發現的。

當然，當時的我只是個小孩，想法非常天真。

曉曉算是比我懂事，但當時我們倆行動的主導權都握在我手上，結果曉曉也被我硬是說服了。

我們輕手輕腳地怕吵醒爸媽，脫下浴衣換上便服，躡手躡腳地走出房間。大廳服務台有人，所以我們偷偷經過櫃檯底下來到了外頭。

——喔喔……！

眼前是一片我沒見識過的世界。

是一片平時只能從公寓窗戶俯視的夜世界。

街上閃亮耀眼的每一個燈光都讓我興奮雀躍。就像打電動抵達新的地圖一樣，讓人想到處走訪探險。

晚上睡覺時，我總是在想——在我睡著的時候，世界仍然好端端地在那裡。

那究竟會是什麼樣的世界？有什麼樣的人事物？為什麼我不能見識那個世界？

我像這樣幻想已久的世界，如今，就在我眼前鋪展開來。

我心癢難耐地想往前跑，但有人伸手，微微使力抓住了我的手。

我回頭一看，只見曉曉不知所措地縮著肩膀。

——妳會怕嗎？

——……………

——怎麼辦？要不要回去了？

只要曉曉不願意，我打算立刻回去。我當時雖然是個無藥可救的小屁孩，但即使年紀還小，也已經決定絕不做曉曉不喜歡的事。

然而，曉曉輕輕搖了搖頭。

——有小小在……我不怕。

看到曉曉堅強地笑著這麼說，當時的我還不知道，縈繞胸中的這份心情該賦予什麼名字。

於是，我們就在陌生的夜半街頭展開了冒險。

當然，每一家店我們都進不去。冒險過程就只是在大街上走來走去。即使如此，那對於當時的我們來說卻好玩得不得了。

有一家店的老闆還說：「吃了這個就趕快回去吧。」給了我們零嘴。我們也曾經躲起來避開一群醉客。也曾經駐足欣賞街頭音樂家的演奏。心情完全就像是在未開拓迷宮中前進的冒險者。

後來走累了，我就用手邊的零用錢，到自動販賣機買了飲料。我們倆一起坐在路旁植栽的角落，仰望遙遠的夜空。

——月亮好美喔。

——真的耶。

我不太記得是滿月，還是蛾眉月。

但那是我有生以來，第一次覺得——夜空中的月亮很美。

……話說回來，這個故事是有結局的。

後來我們立刻就被警察勸導，慘遭爸媽臭罵一頓。

現在回想起來，真是謝天謝地沒出意外——所以才能變成如此美麗的回憶。

這份回憶，以這段對話作為結尾。

莽撞、不顧前後……但如今仍遺留在我心中的，一個約定——

——我希望，可以永遠跟小小在一起。

——好啊，當然嘍？

就如各位所知，我違背了這個約定。

◆

暑假開始後過了大約一星期，到了七月底的這段時期，明明正在放長假，我們學校卻舉辦了一項活動。

三天兩夜的學習集訓。

不是修學旅行也不是林間學校，就只是在飯店閉關上課的一項活動罷了。唯一令人期待的地方，就只有作為集訓地點的飯店算是滿高檔的，餐點非常好吃——這是我認識的學長姊告訴我的。

真是，為什麼放暑假還得特地挖時間念書？明星學校就是這點讓人吃不消。

我雖然很想這樣滿口怨言，但換個角度來想——難得的活動，難得的外宿。不善加利用就吃虧了。

「嘿，沒睡飽啊，伊理戶？」

「……嗯……」

我在學校門口的集合地點與伊理戶水斗會合，聽到他用前所未有的低沉聲音發出呻吟。

「暑假……作息不正常……」

「喔……你果然是早上起不來的那型啊。真佩服你起得來。」

「……是被……硬是叫醒的……」

「被你媽？」

「不是……」

彷彿還在對抗睡魔的迷茫雙眼，看向在稍遠處跟朋友講話的學生妹。

柔順豔麗的黑色長髮在朝陽中散發光澤。那個與伊理戶恰恰相反，一大早就精神抖擻的知性姿態，正是伊理戶結女本人無誤。

「……難道是……」

我速速確認四下無人偷看，然後私下偷偷問伊理戶：

「（……每天早上，都是讓伊理戶同學叫你起床……？）」

「……沒有每天早上。」

伊理戶不服氣地答以否定語氣，但沒有完全否認我的問句。

所以你讓她偶爾叫你起床？

所以你讓她偶爾叫你起床！

我摀住了嘴巴。一大早就來個這麼強勁的！那豈不是跟夫妻沒兩樣了！

「時間到了——！大家按照班級坐上遊覽車——！」

就在我好不容易才把胸中湧起的情緒壓下去時，帶隊的老師大聲說了。

京都的飯店總是全年客滿，因此學習集訓會搭遊覽車前往別縣進行。聽說飯店位於滋賀，可以看得見琵琶湖。琵琶湖那可是京都小孩的遠足地點第二名（第一名是比叡山），所以沒什麼好稀奇巴拉的——

但還沒出發就給我來這個。

接下來的三天兩夜，究竟會有什麼樣的插曲對我發動攻擊……？

我一邊跟伊理戶一起上遊覽車，一邊重新下定了決心。

這次集訓，我一定要找個機會，讓伊理戶家的兩人獨處。

我要替這兩個把人急死到滿地打滾的傢伙，營造出曖昧的氣氛。

之前說過學習集訓就是在飯店認真上課而已，不過聽說實際上，一年級的課程還不會逼得那麼緊。

管得不嚴，自由時間也很多。聽說二年級以上最後一天會有考試，但一年級沒有。大概最重要的是先讓學生習慣集訓的氣氛吧。

硬要說不方便的地方，就只有手機暫時由師長保管吧。不是禁止攜帶，而是可以帶來但是由師長保管。好像是因為夾帶闖關的人抓不勝抓，而且這樣需要緊急聯絡時也比較方便。

我們差不多在中午抵達飯店，隨後立刻前往分配到的客房，放下了行李。可能就是所謂的湖景吧，從窗戶可以將水天一色的琵琶湖盡收眼底。還是老樣子，特大號的水池一個。不過，夜間的湖畔倒是個好地點……

「接下來要做什麼？」

我的同班同學——在遊覽車上睡過一覺臉色變好的伊理戶，一邊從包包裡翻出書來一邊問我。在這種時候，除了手機與電玩之外還有其他消遣的人真是占便宜。

「去飯廳吃飯，然後應該就是說明會吧。總之書還不用拿出來啦。」

「嗄——……」

這傢伙要是放著不管，大概會用看書耗掉所有自由時間吧。我得主動帶他多往外頭走，否則想讓兩人獨處根本是作夢。

我從心有不滿的伊理戶手中把書搶走放回包包裡，走出客房。飯廳——應該說根本就是餐廳，記得應該是在一樓。

我低頭看看一點腳步聲都沒有的地毯，再抬頭看看輝煌燦爛的天花板燈具，說：

「學費貴還真有它的道理。我們學校到底是多有錢啊？」

「我是特待生所以一毛錢都沒付就是了。」

「這套壓人方式在我們學校太有效了，勸你少講為妙。」

就在我們搭電梯來到一樓時，說時遲那時快……

「找到你了～～～～！水斗同學～～～～～～～！」

一個女的一邊可憐兮兮地大叫一邊跑過來，一把抱住了伊理戶。

「唔喔！」伊理戶踉蹌了幾步，但仍然用溫柔的動作抱住了那女人的身體。

「東頭？怎麼了，哭喪著臉。」

「嗚，嗚……！遊覽車上還有房間裡都是不認識的人，把我嚇死了……」

「明明都跟妳同班好嗎？」

「那水斗同學，你記得同班同學的長相與名字嗎？」

「…………………………」

「看吧～！」

看東頭伊佐奈聒噪地黏著伊理戶哭哭啼啼，我對她投以充滿敵意的視線。

「……嘖……」

「嗚哇——痞子男在用凶巴巴的眼睛瞪我——水斗同學救救我——」

結果東頭一邊語調平板地這樣說，一邊躲到了伊理戶的背後。

這女的，得了便宜還賣乖……！我總有一天，一定要讓妳再也不能賴在伊理戶身邊！

東頭把頭一扭別開目光躲掉我的瞪眼攻擊，然後一副若無其事的態度，耍心機地抬眼望向伊理戶。

「水斗同學，水斗同學，你看到了嗎？這間飯店的地下室有電玩遊戲區耶，晚上我們一起去看看嘛。」

「電玩？我很少打電動耶……」

「拜託嘛……我在房間裡待不住……」

「妳是跟家人格格不入的老爸嗎？」

電玩遊戲區啊……當然這個部分我早就調查過了。這裡以飯店的遊戲區來說機台相當豐富，有夾娃娃機、賽車機台、節奏遊戲、跳舞機等等，主要的種類應該都沒少——

「——這主意不錯。」

「啊？我又沒問你。」

「我是說既然要去就大家一起去啦。也約一下伊理戶同學怎麼樣？她看起來應該沒怎麼在玩電動，搞不好是妳能贏過她的少數領域之一喔。」

「講話真討厭！……不過，的確值得考慮一下。」

東頭念念有詞地開始考慮。哼！真好騙。

「可是可是，結女同學還有她自己的朋友，會不會沒空……？」

「就問問看不會怎樣。」

意外的是，伊理戶也贊成我的意見。

「別看那女的那樣，其實她還滿順著妳的。」

「……你有資格說嗎？」

「嗯？」

伊理戶不解地偏了偏頭。你這傢伙難道不知道，全天下就你最寵東頭嗎……

上完課吃過飯，在房間的浴室洗過澡後，伊理戶就不見了。

明明說好現在要去電玩遊戲區，那傢伙跑到哪裡去了？

我換上帶來當睡衣的運動服來到走廊上。這個樓層應該都是男生的房間，一部分房門內卻傳出些微的女生聲音。還真是不安於室啊，很好很好。

當然，伊理戶不可能去加入那種小團體。

我大略掃視了一下走廊，沒看到伊理戶的身影——也就是說，他要麼是先去地下室了，要麼是在一樓的公共休息區，再不然就是……

該不會是……一想到這裡，我頓時變得冷靜不下來，立刻搭電梯前往樓上。目的地不用隱瞞，就是女生住宿的樓層。

我從開啟的電梯門探出頭來，迅速確認有沒有老師在巡邏，然後安靜無聲地走出電梯大廳。

我把耳朵貼在每一間客房的門上偷聽裡面的狀況——不，我不需要去碰這種變態才有的行徑。

因為從走廊另一端，傳來了伊理戶的聲音。

到目前為止都如我所料。然而，接下來就難以預測了——我步步為營地躡足前進，靠近到能聽見伊理戶聲音的距離。

這是因為不只伊理戶同學，東頭伊佐奈也待在這個樓層。伊理戶趁我洗澡時偷偷跑來見面的人……究竟是誰——

「————麼做？」

一聽到那清脆純淨的嗓音，我憋住了呼吸。這個聲音是……！

我按捺著急切的心情，探頭偷看走廊的轉角對面。

就看到兩人的熟悉身影，出現在只放了兩把椅子的公共休息區。

是伊理戶水斗——與伊理戶結女。

我無聲地握拳叫好。東頭妳夠識相！

「————交給我吧。」

「知道————」

兩人竊竊細語，我聽不到他們在說什麼。這反而給了我更大的想像空間。

在飯店晚上這種沒有旁人的地方偷偷碰面，俗話說無風不起浪，兩位這樣無論引來多大的謠言都沒得抱怨喔……！是在討論要去哪裡約會嗎？沒辦法，不能用手機嘛！也就只能偷偷見面了嘛！

可能是事情講完了，兩人沒過多久就站起來，各自轉身背對對方。見伊理戶往我這邊走來，我急忙離開現場，火速跑回自己的房間。

當紊亂的呼吸恢復平靜時，伊理戶也回到房間來了。

「——唷，你跑哪去啦？」

我這問題問得太自然，連我自己都害怕……不得不承認，我實在很擅長做表面工夫。

伊理戶也差不多，面不改色地輕輕搖晃右手拿著的罐裝咖啡。

「有點口渴。」

剛才怎麼沒看你拿著這個？我看是回來的路上買的吧？以免你去見伊理戶同學的事情曝光。哼哼哼！

當然，我故意不戳破。他們偷偷進行對我來說比較好玩。

我一面望向枕邊的電子鐘，一面說：

「差不多該去跟東頭碰面了吧？你不用洗澡嗎？」

「不了，晚點再洗。免得等會回來又想再洗一遍。」

「嗯？」

什麼意思？

「早點過去好了，東頭應該也會早到。你應該也想一起來吧？」

我跟伊理戶一道來到地下室。這座電動遊樂場的設備好到不像是飯店，到處擠滿了洛樓的學生。

「——啊！水斗同學～！」

我們一下樓梯，穿著紅色運動服的女人就像大型犬一樣咚咚有聲地跑來。

東頭伊佐奈又想抱住伊理戶了。

休想得逞。我就像保鑣一樣擋到伊理戶面前，東頭緊急踩煞車之後瞪我。

「……你擋到我了！」

「對啊，我擋到妳了。」

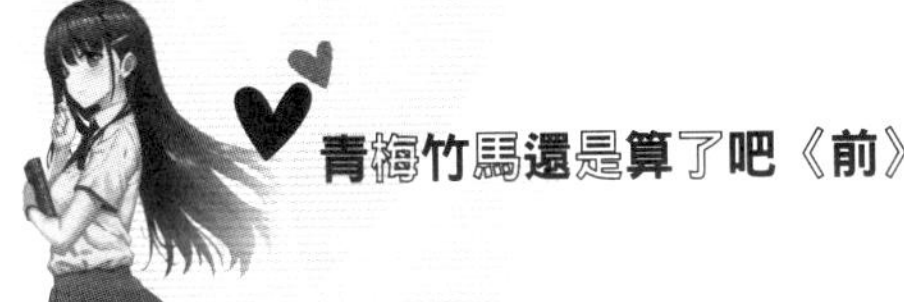

「嗯唔唔～～～！」

東頭一邊低聲怪叫一邊想突圍，我張開雙臂持續阻擋她。防守！守一個！

「你這白痴快住手！」

「唔喔喔！」

突然間，有人從側面狠踹我的屁股。

這種腳小卻力道強勁的腳踢，錯不了——我一邊按住受傷的部位，一邊瞪向那個小隻女。

「南妳幹麼啊！妳他馬的鬧什麼啊！」

「不要耍流氓了啦。還不都怪你欺負東頭同學？」

穿著鬆垮垮運動服的南曉月，把馬尾頭往旁一甩。

我知道這女人的運動服為什麼鬆垮垮的。這是因為她還抱著一線希望，認為自己還有可能長高。我實在很想揭她的底，但一位黑髮美少女過來了。是伊理戶同學，同樣也穿著運動服。

「不可以忽然踢人啦，曉月同學。」

「這傢伙可以踢沒關係的結女！他是踢了不會有事的那種人！」

「至少踩他的腳就好了啦。」

「這傢伙的腳早就被踩習慣了！」

才沒有習慣好嗎？是說伊理戶同學也是，可以請妳往杜絕暴力行為的方向規勸她嗎？

東頭躲在伊理戶背後吐舌頭。

「你活該。全世界都是站在我這一邊的。」

「就算要與全世界為敵，我也絕不認同妳的一切……！」

「請不要把別人夾在中間挑起世界大戰。」

簡而言之，我們這五人似乎就是這次的成員。

我並沒有叫曉月這傢伙來，但既然伊理戶同學有來，這女的就不可能不露面。這點小事早就在計算之內了。

「…………………」

「…………………」

往電玩遊戲區走去的時候，我的視線短暫地與曉月產生交錯……看來她也有她的鬼點子。

我假裝沒察覺到曉月的可疑視線，用言語試探伊理戶兄妹。

「伊理戶，你有來過這種電動遊樂場嗎？」

「不……很少。」

「伊理戶同學呢？」

「……我也很少來。」

兄弟姊妹倆都不肯說「第一次來」。這兩個傢伙太不會說謊了吧？真佩服你們能騙得過爸媽。

曉月蹦蹦跳跳地走進電玩遊戲區。

「欸欸，要玩什麼——？東頭同學看起來很擅長打電動呢。」

「妳是不是在偷偷說我像阿宅？」

「與其說是偷偷，其實我是明講。」

「我不擅長對戰遊戲，玩得很爛……只有稍微玩一點可以單機的，像是節奏遊戲……」

「哦哦——好喔好喔。那，要不要玩那個？」

曉月說著，指著跳舞機。就是配合音樂踩腳下台板的那種機台。

原來如此。需要指尖精細動作的遊戲——格鬥遊戲之類的對經驗豐富的老手有利，但玩那種的就比較公平了。不可思議的是，有些人即使沒什麼運動神經或者是音痴，卻仍然擅長節奏遊戲——這或許是個適當的選擇。

「那這樣吧。」

我即刻交出了腹案。

「單純輪流玩沒意思，來加個懲罰遊戲吧。」

「懲罰遊戲～？」

曉月頭一個狐疑地叫道，但我憑著前青梅竹馬特有的感應力察覺到了。

這個問題問得有點刻意——只是表面假裝反對罷了，心裡其實是要我照這方向繼續下去。我們的利害關係一致。

「說是懲罰遊戲，也不用做什麼違背良心的事啦。讓我想想……」

罰什麼好呢？要寬鬆到讓人不好意思拒絕，但又能讓兩個伊理戶增進感情……

「……暱稱，之類的？」

意外的是，竟然是伊理戶同學帶來了答案。

伊理戶同學受到大家的矚目，急忙補充解釋說：

「啊，沒有，就是……我只是覺得，我們幾個常常一起玩，卻都沒有人給其他人取綽號，就說說看而已！」

……說得也是，如今我跟這個前青梅竹馬，也都是互稱姓氏了。

伊理戶雙眉緊鎖著說：

「這什麼懲罰遊戲啊，又不是聯誼。」

「怎……怎樣啦！你、你又沒參加過聯誼！」

「我覺得很好啊？」

東頭緩緩偏頭說道。

「我都叫水斗同學為水斗同學，但他直到現在都只肯叫我的姓，其實讓我有點小在意。我要趁這個機會讓你叫我『小伊』！」

「這哪裡是懲罰遊戲啊，根本是獎勵吧……總之，改變稱呼方式超出了懲罰遊戲只限現場的範圍。」

「那就設個期限吧！」

曉月抓住大好機會插嘴。

「吊車尾的兩個人，在這次集訓期間要用暱稱叫對方！這樣怎麼樣？這樣就沒有實際害處了，剛剛好！」

伊理戶沉默了半晌，把其他人的臉色觀察過一遍後，說：

「……好吧，那就這樣。」

「很～好很好！」

曉月伸舌舔舔嘴巴，我也在心裡握拳叫好。事情發展得這麼順利，實在太有趣了。再來只要讓兩個伊理戶接受懲罰遊戲即可……！

其實，我有玩過這種機台。曉月也是。換言之我們倆一定會是前段班。這麼一來，看起來不擅長玩電動的兩個伊理戶很有可能會接受懲罰遊戲。再來需要擔心的，就剩下曉月這傢伙會如何行動……

「那麼，先從東頭同學開始吧──」

「咦，我一個人玩嗎？明明有兩台啊……」

舞蹈遊戲的機台是兩台放在一起，也沒有其他人排隊，所以一次可以讓兩個人玩。

「請妳做示範啦！妳看起來最熟悉這種遊戲，我們想先觀摩別人的玩法。」

「那好吧……」

曉月花言巧語地讓東頭一個人上了機台。她想做什麼？我應該去妨礙她嗎──

正在猶豫不決時，音樂開始了。

「嘿！喝！」

東頭輕快地蹦蹦跳跳，踩過眼前螢幕降下來的一個個符號。

雖然動作笨重，看得出來本人有多遲鈍，但電玩大概就是跟體育課不一樣，她只犯了少少幾個失誤。照這個實力看來，分數應該會高過徹頭徹尾初學者的兩個伊理戶──

「東頭同學──」

不知什麼時候，曉月繞到了正在跳舞的東頭面前。

「妳胸部搖得很劇烈喔──」

「嗯嗚咦咦！」

「什麼！」

我急忙跑向伊理戶，用手遮住他的眼睛。剛才我待在背後位置所以沒發現，想不到還有這種陷阱……！我得守住，得守住伊理戶的視網膜才行！

當我遮住他的左眼時，右眼已經先被遮住了。在那裡的不是我的手，是伊理戶同學的手。

「……喂，這樣我看不到。」

「這種的你不准看！」「這種的就不用看了！」

伊理戶同學，妳真是既努力又可愛。妳一定是不希望他看其他女生吧。那麼我就不用出面了！

我鬆開摀住左眼的手後，伊理戶同學急忙用另一隻手把它遮好。完全就是標準的「猜猜我是誰？」姿勢。嗯……我不用繼續待在這裡了。

「搖啊搖，盪～啊盪～」

「不要配上音效啦～～～～～～～！」

哎呀，糟了。我忙著做剛才那件事時，遭到言語羞辱的東頭已經連連失誤。

唔……是這麼回事啊。曉月是想讓伊理戶與東頭玩懲罰遊戲！所以才這樣妨礙她……！

可惡！都怪我被兩個伊理戶的「猜猜我是誰？」狀態引開了注意！

東頭勉強把整首曲子跳完，雙臂遮胸面紅耳赤地下了機台。

「嗚嗚……我再也不敢玩這個遊戲了……」

「照妳這樣講豈不是都不能做運動了？有了！把妳的胸部壓扁怎麼樣！」

「請不要笑咪咪地說這麼可怕的話！」

東頭急急忙忙躲到伊理戶的背後開始發抖。伊理戶一邊摸她的頭安慰她，一邊說：

「別這樣，南同學。就放過她唯一的一項長處吧。」

「水斗同學……難道我是除了巨乳一無可取的女生嗎……？」

「是妳自己整天這樣說的啊。」

「也是喔。」

還真的啊。那就算被人壓扁也怪不得別人了。

「開玩笑的嘛──」曉月哈哈大笑，被伊理戶同學目光銳利地看了一眼。

「那麼，再來換曉月同學跟川波同學了。」

「咦？為什麼？」

「我怕妳也會對我配音效，所以想先讓妳玩累。」

「我又不是對天底下所有乳搖配音效的妖怪什麼的！」

「……轟咚——轟咚——」

「喂，我聽見了喔，東頭——！」

我逮住試圖襲擊東頭的猛獸（矮個子貧乳），把她押到機台前面。

東頭的分數已經是那樣了，所以對我們來說勝負取決於兩個伊理戶能不能贏過東頭。既然這樣，替他們暖個場也不壞。

「（……你可不要失誤喔。）」

「（妳才是。）」

我們倆並排站在兩台機台上，小聲地互相呢喃。

哎，沒什麼好擔心的，想跳輸東頭那個慘兮兮的分數，那得要突然昏倒才有可能。

音樂開始了。

我們各自用熟練的動作，準確地踩過每個符號。

「哦——好會跳喔——」

背後傳來東頭悠哉的聲音。當然了，我們從以前就常常兩個人一起去電動遊樂場，玩這類遊戲玩到變成高手——嗯？

沒聽到兩個伊理戶的聲音。

不只聲音。他們應該在我背後，卻完全沒有存在感。他們跑去哪裡了——？

疑問的答案，自動進入了我的視野。

在螢幕的後方，伊理戶拉著伊理戶同學的手臂，繞到了舞蹈遊戲機台的前面。

「喂！你幹麼——」

「跟妳說過交給我就對了。」

就在我的意識從遊戲轉向兩人的那一瞬間——

「嗯呀！」「啊啊！」「唔噗喔！」

伊理戶同學嚇一大跳，曉月慘叫出聲，我噴出滿口口水。

怎……怎……突然……摟她……肩膀……怎、怎、怎怎——

——奇怪？

我做了什麼？

當我回過神來時，眼前的螢幕上已經舞動著大大的「淘汰」文字。

至於伊理戶兄妹，伊理戶同學一開始羞紅了臉，但現在已經跟伊理戶拉開了將近一公尺的距離。

好像跳過了一整段時間似的。

難道我因為感動過度，而一時失神了？

「……啊……」

聽見一聲低呼，我往旁一看，只見旁邊的螢幕也顯示著「淘汰」。

我跟曉月，都被淘汰了？

也就是說……分數比東頭，更低……？

「…………呵呵呵。」

聽見令人發毛的笑聲，我回頭一看，只見東頭笑得詭異。

「呵……」「呵呵呵呵呵！」

再往其他笑聲的方向一看，發現兩個伊理戶都翹起了嘴角。

怎麼，回事……？這是什麼狀況？

「吊車尾的兩人，要玩懲罰遊戲——」

「——在集訓期間，要用暱稱叫對方，對吧？」

兩個伊理戶一邊帶著叮嚀的語氣做確認，一邊代替我們上了機台。

然後兩人開始跳舞，雖然玩得一點都不好——但最起碼跳完了整首曲子。

於是，懲罰遊戲的對象就確定了。

伊理戶同學笑得邪門，定睛盯著我與曉月。

「話是你們說的——你們當然沒有意見吧？」

◆ 伊理戶水斗 ◆

順利陷害到川波與南同學後，過了一個晚上。

集訓的早餐採用自助餐形式。餐廳裡擺滿了琳瑯滿目的麵包、水果、火腿與香腸等輕食。

我邊吞下呵欠邊把牛角麵包放進托盤時，正在用香腸把盤子堆滿的川波小暮，突如其來地當場石化在原地。

我順著他的視線望去。

只見南曉月跟結女那傢伙，結伴來到了餐廳。

南同學看到川波，也劈嘰一聲當場石化。

不過——只能說兩人腦袋都動得夠快，立刻就脫離了石化狀態，準備各自逃向不同的方向。

只是不用說，我們都不會讓他們開溜。

「你要——」「——去哪裡呀？」

我抓住川波的手臂，結女則是抓住南同學的。

川波轉頭懇求般地看我，但理所當然地，我不可能放手。我直接把他一路拖往餐桌，結女也拉著南同學，往同一張桌子走。

東頭已經坐在那裡了，於是我讓川波在稍遠的位置坐下，我則坐到東頭旁邊的座位上。

結女也讓南同學坐在川波的對面，自己則坐到了東頭面前。

結女滿意地笑著說：

「再來就讓兩個年輕人慢慢聊吧。」

「慢慢聊吧～」

東頭一邊說，一邊塞得滿嘴的香腸一個勁地嚼。

我也一邊切開牛角麵包往嘴裡送，一邊側眼偷看這對青梅竹馬的反應。

兩人之間毫無對話，甚至不肯讓視線產生交集。吃早餐的動作很快，可以清楚看出他們一心只想早早應付掉這個場面。

沒這麼容易。

「都不用打招呼的啊？」

我一出聲，川波與南同學嘴角抖動一下，互相偷偷瞥了一眼。

「……早安。」

「……早啊。」

「誰在對誰打招呼？」

結女落井下石。嘴角浮現出難掩好奇的笑意。

川波與南同學都露出有苦難言的表情——但是過了幾秒鐘後，就像是變了個人似的露出親暱的笑容，語氣開朗地這麼說了：

「——早安，曉曉！」

「——早啊，小小♪」

「噗呼——！」

東頭在旁邊噴笑出聲，駝著背渾身發抖。

結女也用雙手摀住嘴巴，不讓自己笑出來。

這對青梅竹馬維持著親暱的笑容好一會兒，但南同學的臉孔漸漸開始跳動抽搐——接著整個人猛地趴到了桌上。

「拜託饒了我吧！真的求求你們！是怎樣！在報復嗎！報復我上次多嘴管你們閒事嗎！」

結女與東頭笑得前俯後仰。

當然，我們並不是在報復——是出於百分百純粹的善意。只是呢，有些人的善意對別人來說常常會變成惡意就是了。

我回想起整件事的開端。

那是在暑假才剛開始的時候——極其罕見地，結女來找我商量一件事情。

「你覺得曉月同學跟川波同學……怎麼樣？」

「……嗄？」

在大中午的客廳聽到結女這樣開口，我眉頭整個皺了起來。

問我覺得怎麼樣，我只能說就是腦袋有病的一男一女，不過這女人要的大概不是這種答案吧。

我想了一想，如此回答：

「腦袋有病的一男一女。」

「不是啦！而且他們哪裡有病了！」

我想了一下還是只想得到這個答案，這不能怪我——她到底想從我這邊得到什麼答案？

「我是說……他們倆是青梅竹馬，對吧？」

「好像是。」

「應該說表面上關係很差，但看起來反而顯得很親密嗎……所以，我想問的是……他們實際上，到底是怎樣的關係？」

「……簡而言之，妳的意思是他們有可能成為一對，對吧？」

「對對對！」

有時候知道得少反而比較幸運。我雖然知道得也不是很多，但那兩人大概就跟我們一樣吧？她要是知道，也不會像這樣單純無知地聊他們的感情話題了——

……不對。也有個傢伙明明清楚整件事情，卻還照樣拿來刺激我。

「真沒想到妳會找我講這種類似感情話題的八卦。我看妳是沒朋友吧？」

「天底下就你沒資格說我……再說，我不是想聊感情話題。只是……別看曉月同學那樣，其實她很怕寂寞的，所以我只是希望，她如果可以跟青梅竹馬和好就好了……」

怕寂寞，是吧……但就我的認知，她的心態可沒有那麼可愛。

那兩人的問題是他們倆自己的問題，我們不該隨便插嘴——從循規蹈矩的倫理道德來說，這才是正確的反應，但是……

這是否是個好機會？

川波小暮自稱戀愛ＲＯＭ專，事事都喜歡對我動手動口。也許可以趁著這個機會，讓那個搞不好根本把我們當成電玩角色的男人體驗一下被ＲＯＭ的心情？

……也是。川波偶爾也該站在被觀測者的立場想想。

我要讓你知道，你若往深淵張望許久，深淵也在朝你內部張望。

在付諸行動之前，我果決地做了事前調查。

我找個適當的理由跑去川波家，讓他親口說出他與南同學的過去事件。

結果問到的盡是些令人渾身打冷顫的犯罪經歷，但姑且先不論這些，看樣子那兩個人，以前的關係的確相當親密——就像兄弟姊妹。

所以，我將目標設定在「讓那兩人回想起過去的關係」。

他們一定會被黑歷史折磨得死去活來，所以可謂一舉兩得。

但問題是要用什麼手段。要讓那兩人做什麼，才能讓他們回想起過去——

遇到這種情形，正常作法就是請教專家。

「事情就是這樣，妳可以幫幫忙嗎，東頭？」

「我又沒有在專門研究青梅竹馬……」

東頭伊佐奈躺在我的床上，頭靠在我盤腿而坐的大腿上，把書翻了一頁。

「咦？所以說他們原來是青梅竹馬？南同學跟那個痞子男？」

「其實是這樣。只是他們現在都堅稱不是青梅竹馬。」

「哇啊——……原來青梅竹馬是真實存在的啊。」

「妳不管聽到別人的什麼關係都講得像是傳說中的存在一樣耶。」

「哎，就從只有耳聞而不曾親見這點來說，每一個都是傳說無誤。」

「所以呢？講到青梅竹馬，妳覺得這種關係有什麼特徵？」

「嗯——被你問得像是動物生態一樣，但這可是現實中的活人耶。這個嘛，例如約好長大要結婚？」

「那麼小的時候說的話，就算說過應該也不記得了吧？」

「不要講得這麼沒有夢想啦！」

東頭兩條腿開始亂踢，我輕輕拍拍她的頭安撫她。

「……再來嘛，現實中也可能會有的……大概就是暱稱吧。」

「暱稱？」

「那兩位同學，現在好像都是用姓氏互相稱呼，可是如果是全家都認識，不覺得這樣不合理嗎？會跟對方爸媽搞混的。」

真是戳破盲點了。像我與結女實際上，在家裡也都是叫對方的名字。

「而且如果是從小就認識，感覺應該會用可愛的小名互相稱呼吧？至少我現在看的這本輕小說的男女主角就是這樣。」

「嗯……所以要設法讓他們恢復這種稱呼就對了？」

老實講我本來只是隨便問問看，沒想到真的問到了有用的觀點。

原來如此，稱呼方式是吧──這個的話或許有辦法。

「謝了，東頭。之後可能還有事要拜託妳……」

「可以啊。只要那個痞子男能跟南同學湊一對，水斗同學就完全屬於我了！」

「我的稅金很重的。」

「還要課稅啊！」

於是我想了一個計畫，以懲罰遊戲為由，逼那兩人用暱稱互相稱呼。

我請東頭在川波面前若無其事地提起遊戲區的事，引誘他答應，然後在實行計畫之前跟結女祕密碰面套好了招。

「可是，那得讓曉月同學與川波同學玩輸才行吧？要怎麼做？」

「我有辦法，交給我吧。」

「好吧，知道了……」

就這樣，一切都按照我的計畫進行。

川波小暮與南曉月，將在這次集訓的有限期間，變回青梅竹馬。

「沒想到事情這麼順利。」

結女一邊忍不住嗤嗤偷笑，一邊說道。

吃過早餐後，在開始上課之前還有一小段時間。被我們整得慘兮兮的川波與南同學，兩個人最後都只能拔腿就跑。善於處世之道的那兩人，竟然只能像那樣訴諸於物理性手段，看來我的計畫比想像中更有效。

在飯店豪華大廳的一隅，我們打算繼續討論接下來的對策。

「……不過話說回來，你那是做什麼？」

本來是這麼打算的，但結女忽然岔開話題。

「妳說哪個？」

「就是那個啊……」

結女輕輕抓住自己的肩膀。

其實不用問，我也明白她的意思——大概是在說為了讓川波與南同學接受懲罰遊戲，我那時候摟了她肩膀的事吧。

「結果就如妳所看到的。」

我淡定地說。

「那是我同時考量到可獲得的利益與可實現性，合情合理地推演得出的最佳解。只不過是因為那是最簡單又最有效的手段，我才會選擇它。」

「……可以請你不要一肚子心機地摟別人肩膀嗎？」

「是我不好。」

聽我反常地誠實道歉，結女顯得心有不滿地扭頭不看我。我承認摟妳的肩膀是我的錯，又有哪裡讓妳不滿意了？妳說啊？

「總而言之，這下妳的要求就達成了。接下來還要做什麼嗎？」

我把些微的心結推到思緒的一旁，繼續回到正題後，結女也收起了心有不滿的表情。

「這個嘛……暫時觀察一下情形好了。我還是第一次看到曉月同學的那種反應呢。」

結女又忍不住噗哧一聲偷笑起來。東頭也是，大家怎麼好像忽然都變得像川波一樣？

「然後……看看有沒有辦法，可以讓他們倆獨處。現在他們倆獨處大概也不會說話，我想先盡量給他們倆製造說話的機會，等氣氛緩和一點之後再……」

結女微微握拳抵著嘴唇，念念有詞地開始思考。

我其實已經可以置身事外了，但這女的不知道南同學有多危險——我得繼續盯著她們才行。

真是……沒想到戀愛ＲＯＭ還挺有難度的。

我們到底有哪裡值得你這樣煞費苦心啊，川波？

◆　南曉月　◆

我是不是遭天譴了？

都怪我企圖跟伊理戶同學結婚，又想把東頭同學跟他送作堆，利用別人的感情，才會遭到報應？

「……小、小小，下一堂課上什麼？」

「記得應該是世界史吧……曉、曉曉。」

這點小事，我應該早就習慣了才對。事到如今，應該不用再為了這種事情緊張才對。

對啊，我以前都是這樣叫他的——根本沒有什麼好害羞的。

可是……

「南妹，妳剛才是不是叫川波『小小』？」

音。

「呼咕！」

剪鮑伯頭的奈須華上完課後忽然投來震撼彈，害我不小心發出好像肚子被人踩到的聲音。

留短髮的麻希正好就在旁邊，眼睛閃亮一下逼近過來。

「我也有，我也有聽到！原來不是我聽錯啊！咦？怎麼回事？你們在交往？」

「才沒有在交往！只是玩一下懲罰遊戲……」

「用暱稱叫人家的懲罰遊戲？妳去參加聯誼了？」

「原來喔，我就在想說妳昨晚跑哪去了——」

「誰會在集訓期間辦聯誼啦！」

麻希發出怪異的嘻嘻笑聲，奈須華則是不解地微微傾頭。

「說是懲罰遊戲，我怎麼覺得稱呼聽起來有點親密？」

「就是啊就是啊。應該說除了稱呼之外，給人的感覺也比平常柔和喔。」

「哎喲——煩耶——！我就是不想被這樣逼問才會那麼小聲啦！耳朵這麼靈幹麼啦！」

「我覺得你們很配喔。」

「我也贊成——雖然川波給人感覺很輕浮，但小月月的話應該治得了他。」

「搞不好南妹跟他獨處時反而會很**愛撒嬌**唷？」

「啊——有可能喔！那樣超萌的！」

面對嘻嘻哈哈地講妄想講得起勁的兩人，我摀住自己的耳朵。

給人感覺很柔和？愛撒嬌？

才沒有那種事。那個我早就死了。

怎麼可能只是恢復以前的稱呼，就讓死人復活……最好是有這種事。

◆ 川波小暮 ◆

「……累死我了。」

才上完上午的課，就已經耗光了我的能量。

該死，我明明有在注意不要讓其他人聽見，誰知道每個傢伙就只有在這種時候耳朵特別靈。你們就這麼愛聽別人用暱稱互相稱呼嗎！

午飯我絕對要一個人吃。雖然看不到伊理戶家那兩個的情形很可惜，但我說什麼都不想再像早上那樣被逼著跟那傢伙坐同一桌。要是現在這種狀況下被別人看到我們相親相愛地一起吃飯，後果不堪設想……！

不同於早餐是自由取用的自助餐形式，午餐是按照座號排列用餐座位。我是「Ka」而那傢伙是「Mi」，照正常來說應該不會坐在一起——照正常來說的話。

「………妳怎麼會在這裡啊。」

「…………………」

看到小隻女在我座位的對面坐下，我狠狠地瞪她。

曉月老大不高興地把臉往旁一扭，臭著臉不說話……看來不是她自願的。

我往這女人本來的座位望去，那裡坐著座號在我前面一號的女生，一臉賊笑。

……原來如此。看來事情傳得比想像中更快。

我一邊坐到椅子上，一面輕輕敲兩下桌子，引起曉月的注意。

「（喂，這下不妙了。沒弄好說不定集訓結束後還會繼續鬧下去。）」

「（因為我跟你，都很少變成這種可以逗弄的對象嘛。可能是想趁機玩回本吧……）」

「（雖然也可以期待過完暑假大家就忘了……）」

「（男生或許會忘記，但女生一定會記得，這是肯定的。）」

「（我看除了**趁現在全部玩完**之外，沒別的辦法了。）」

「（啊——煩耶，真的被整慘了啦……！）」

曉月深吸一口氣，擺出做好心理準備的神情。

我也下定決心，逼自己的身體聽話。

——接下來的一切行為只是鬧著玩的。你可別弄錯了。

然後開始吃午餐時，預想到的狀況馬上就開始了。

「咦——？南同學，妳怎麼不跟小小說『我餵你』啊——？」

一個女生喊出來的話，明確地帶有開玩笑的語氣。我想她一定沒有任何惡意，只是玩笑開過頭了而已。現在只要曉月有任何害羞的反應，大家一定會覺得更好玩，繼續鬧下去。或者也可能把這變成「經典笑料」，到了下學期之後繼續隨時拿來鬧。

我死都不要碰上那種狀況。

我要讓這個笑柄在今天，在此時此刻結束。

為此——我就做點犧牲也未嘗不可。

都說出門在外不怕丟臉嘛！

「——來，小小！啊～♥」

「啊～」

曉月毫不遲疑地把湯匙伸過來，我也毫不猶豫地含住了它。

雙方都面帶笑容，用甜膩的聲調——將根本不願去回想的記憶，重現到最逼真的地步。

周圍的其他人一看到我們這樣，「哦哦——！」「咻～咻～！」紛紛假惺惺地起鬨。很好很好，效果不錯。

「怎麼樣，小小？好吃嗎～？」

「嗯——妳做的料理比較好吃！」

「討厭啦～你又沒有吃過！」

「啊嗚！」

我桌子底下的腳被她迅雷不及掩耳地狠狠一踩，周圍掀起了一片笑聲。很痛耶，這女的這一腳是跟我來真的！

扭扭捏捏地一副害羞的德性，或是老實地表現得尷尬彆扭只會收到反效果。

既然這樣，我就故意陪你們玩。

不要不小心弄得像是假戲真做，要完全當成搞笑一次玩完，變成只限這回，笑過就算了！

「來，曉曉，這個給妳吃。啊～」

「咦～？這我可能有點不行喔～♪」

「為什麼啊！」

「因為小小你味道有點重嘛～♪」

「妳少抓住機會偷罵我！」

我們整個午餐時間，都用笨蛋情侶哏把觀眾逗得笑聲不斷。

大概是多虧於此吧。

使得我們沒有發現，我們都沒有排斥送進對方嘴裡的湯匙，自然而然地就直接拿來吃飯。

「我還真是小看你了。」

吃過午餐後，我正準備去廁所時，伊理戶面無表情地過來對我這麼說。

「沒想到你會用那種方式四兩撥千金。這是我頭一次對你感到佩服。」

「……哼！所以我以前不是就說了？我們倆都是交際強者，懂了沒？」

「『能跟處得不怎麼好的人假裝處得很好，這種能力就是俗稱的交際力』——你好像是這麼說的。」

他記得真清楚。記得我是在他來家裡過夜時說的。

「我們也沒想到事情會這樣傳出去——本來還在擔心，看來是我杞人憂天了。」

「是啊。我們不像另外的某一對那麼純潔，能夠扭扭捏捏地弄得別人焦急難耐。抱歉讓你們失望了。」

聽我這麼說，伊理戶不知為何翹起嘴角哼笑一聲。

「的確，雖說是開玩笑，但或許也只有你們能當著眾人的面那樣打情罵俏，還不會不好意思。」

「就是說啊。」

我若無其事地把雙臂藏到背後。

「抱歉，講完了嗎？其實我膀胱快爆炸了。」

「喔。真抱歉，我是說各方面。」

我跟伊理戶道別，快步衝進了男廁。

確定沒有其他人在後，我走向牆邊並排的小便斗——當然不是。

我轉開洗臉台的水龍頭，用雙手掬起水，啪唰啪唰地往自己臉上沖。

「……該死。明明就只是鬧著玩的……」

只是鬧著玩，開開玩笑。純屬虛構，亂編謊話。其中——不帶有半點感情。

可是……

那你把雙臂冒出的這些蕁麻疹，給我解釋清楚啊，川波小暮——？

……人類這種生物，為什麼如此地不自由？腦袋明明很清楚，明明已經告訴過自己很多遍，然而不過是重現一下過去的假象，當時的自己就自動浮上表層。

那些過去應該已經做過了斷，早就只是失去用處的回憶了。我明明這麼想，這一切卻不肯從我的心中消失——相較之下，那傢伙的神情還真是淡定啊。

好像都說……男生是另存新檔，女生是覆蓋檔案？

也就是說關於我的檔案，已經消失得乾乾淨淨了……還真令人羨慕啊。

◆　南曉月　◆

「啊啊啊啊啊啊啊啊啊啊啊啊啊啊啊啊啊啊啊啊啊啊啊啊啊啊啊啊啊啊啊啊啊啊啊啊啊啊！」

好丟臉好丟臉好丟臉好丟臉好丟臉好丟臉好丟臉好丟臉好丟臉好丟臉好丟臉好丟臉好丟臉好丟臉好丟臉！

我衝進空無一人的客房，在床上滾來滾去。

當著大家的面，那樣……！又是我餵你，又是嗲聲嗲氣的，嗚嗚嗚啊啊啊！不要不要不要！我已經告別那樣的自己了～！我不想再去回想了～～！

殺了我吧……！還有剛才的拜託當作沒發生過……啊啊啊啊，上了高中好不容易才過得

順遂一點的說……

真要說起來，我都這樣痛苦地滾來滾去了，為什麼那傢伙還能一臉淡定？會不會太奸詐了一點？蕁麻疹都沒冒出來！也就是說不管我怎樣跟他打情罵俏，他都已經毫無感覺就對了？……當初明明不管我做什麼都會臉紅……！

就在我猛啃枕頭以洩心頭之恨時，客房的門喀嚓一聲打開了。

「曉月同學……？太好了，終於找到妳了……」

「啊……結、結女？」

一看到那頭黑色長髮輕柔地搖曳，我急忙爬起來，把亂咬一通的枕頭藏到了背後。

結女顯得一臉歉疚，眼睛往下方飄移。

「那個……對不起。我實在沒想到事情會鬧得這麼大……」

「咦？啊，啊——……沒關係沒關係！這點程度算正常啦，正常！」

「是嗎……？」

其實結女大可以像早上那樣笑我的，她真是個好女孩。啊——好喜歡她喔，真想一輩子跟她在一起。對小小的一肚子氣，都被結女的可愛淨化了——……

「是啦，現在喊停反而很怪，我打算集訓期間就這樣繼續下去。反正我早就習慣扮演不同的角色了！況且對小小來說應該算賺到吧？啊哈哈！」

「……小小？」

「咦？怎麼了？」

「沒有……只是覺得本人不在，怎麼還這樣叫他。」

「…………啊。」

出包了。

「……………………」

「等、等等，結女妳不要偷笑啦！剛才我只是一時說溜嘴……！」

「就是啊——呵呵。妳只是一時不小心說溜嘴——呵呵呵呵！妳、妳以前果然是這樣叫他的……！嗯哼哼哼哼！」

「咦……！」

她、她怎麼知道這個，是以前用過的稱呼……

結女一邊用拳頭遮住嘴巴憋笑，一邊說：

「因為一叫你們『用暱稱互相稱呼』，你們就理所當然地開始叫對方『小小』、『曉』——我們都還沒指定稱呼方式呢！啊哈哈哈！」

…………一失足成千古恨…………！

我把臉按在枕頭上，就感覺到結女走到床邊來了。

「有什麼關係呢？就趁這機會恢復成這種稱呼嘛。很有青梅竹馬的感覺啊。」

「才不是青梅竹馬！」

「不要講這麼冷漠的話嘛……」

「……我跟妳說，結女。」

我繼續把臉埋在枕頭裡，稍微降低了音調。

「就算小時候感情很好，也不見得會一直好到長大，懂嗎？有時候會合不來，也有可能……緣分無法維持下去。」

「可是，曉月同學跟川波同學還能常常見面講話不是嗎？緣分還沒有斷對吧？」

「…………………是這樣，沒錯。」

「這樣的話，我覺得鬧彆扭拒絕往來，有點可惜耶……」

……其實換做一般狀況，緣分早就斷了。

只不過是因為住在隔壁，因為兩人年紀都還小不能自主搬家，不能改變升學路徑，又是青梅竹馬——所以剛好還有機會碰面而已。

……是不是，還來得及挽回……？

如果趁著現在假裝當青梅竹馬，假裝當情侶的時候……

…………有些事情，是不是，還來得及挽回…………？

◆ 伊理戶結女 ◆

「結女同學，請聽我說！」

在自習時間，東頭同學激動地跑來找我。

說是自習時間，但跟實際等於自由時間的那種自習不同，有老師留在大教室讓同學問問題。不過此時正好有很多學生擠上前去問問題，我們私下交談也不用擔心被老師警告。

她想跟我說的話，想必不會是上課不懂的地方。

「怎麼了，東頭同學？……妳看起來好像很高興。」

「嘿，嘿嘿嘿，沒有啊？嘿嘿嘿嘿！」

整張臉顯得飄飄然的。一個人大概只有在考上學校——或者是告白成功的時候才能高興成這樣。

就在我心想「不會吧」的時候，東頭同學喜孜孜地開始講起：

「是這樣的，剛才啊——班上同學問我一件事！」

「咦？什麼事？」

「問說『妳是不是在跟七班的伊理戶同學交往？』！」

我差點呼吸不過來。

東頭同學沒注意到我的反應，用雙手按住竊喜偷笑的軟呼呼臉頰。

「嘿，嘿嘿，我們看起來有那麼像情侶嗎——？這下傷腦筋了——！嘿嘿！我們又不是那種關係！嘿嘿嘿！」

簡直興奮過頭了。看她這麼開心，不知怎地連我都開心起來了。愉快的心情跟胸口內側忽地浮現的悶悶不樂交相混合，暈染出複雜的雲石花紋。

「……哎，也是啦，你們整天待在一起，會有這種謠言……也是很合理的。只是你們倆都不是引人注目的類型，會成為這種謠言的對象，讓我覺得有點意外……」

「關於這點嘛——水斗同學好像意外地受歡迎喔。」

「咦？」

她剛才說什麼？

「大概是因為在期中考拿下榜首吧——？一些跑來問我是不是在跟他交往的女生說『他不但超會念書，仔細看看長得也很可愛』！還說『真羨慕妳，跟伊理戶同學感情好像很好～』……唔嘿嘿嘿！」

東頭同學笑得像是被優越感沖昏了頭。

是、是這樣啊……說得也是……我是因為打下了入學考榜首的實際成績才有現在的地位，所以那男的拿下期中考榜首後開始受到女生青睞也並不奇怪……

嗯？那男的要變成萬人迷了？

我有點無法接受這個現實。有很多女生想追那傢伙？好吧，雖說照那男人的個性就算受到告白大概也會拒絕。不對不對，既然她們都以為東頭同學是那男人的女友了，那就沒有什麼告不告白——

「然……然後呢？東頭同學……妳怎麼回答她們的……？」

我在來源不明的焦慮推動下這樣一問，東頭同學不安好心地笑了。

「當然有說清楚嘍。我說『我們沒有在交往』。」

「說、說得也是。」

「我說『我們沒有在交往，只是好朋友』。」

「傳出緋聞的藝人！」

完全就是話中有話！百分之百不會照字面上來解釋！

東頭同學擺出一張鬆緩的傻笑臉，說：

「沒有啦……就是，那個……心情有點太舒服了。」

「妳看妳完全得意忘形了！怎麼可以欺騙人家呢！」

「我又沒有說謊。只是講得有那麼一點像是日後會宣布喜訊……這樣有什麼問題嗎？」

「這！…………是不會有問題。」

雖說讓別人把東頭同學當成他的女朋友可以用來躲女生，替那男的省掉一些麻煩……反而可以說只有好處沒有壞處。

「被旁人誤會成那種關係，效果還滿強烈的呢——」

東頭繼續幸福地竊笑，開始在筆記本的角落塗鴉。

「就算我原本對水斗同學沒有那個意思，被其他人這麼一說，或許也會開始想擺出女朋友的嘴臉。那兩個人一定是在這種環境下長大的吧，我有點難以想像那是什麼樣的世界。」

「那兩個人？」

「南同學跟那個痞子男啊。他們可是從小玩到大的男生女生耶？我在想，他們一定是從小就一直被大家挖苦到大吧。」

「……也是啦，畢竟我就是期待發生這種狀況，才會安排這樣的計畫……」

「沒有青梅竹馬的人，難免都會期待看到這樣的情節呢。」

東頭同學說「畫好了」放下了自動鉛筆。筆記本的角落，畫著一對隔著窗戶面帶笑容說話的少年少女——就是在漫畫什麼當中常看到的「住在隔壁的青梅竹馬」場面。畫得真好……

「就像沒有妹妹的人會想要有個妹妹一樣。況且比起妹妹，從小認識的異性可是非常稀有的角色喔——所有人見到他們倆，一定都會認為他們是這種關係吧。這麼一來，兩個當事人可能也會開始覺得不好意思不回應大家的期待吧。」

「也許吧。可是，不見得這樣就會變得像漫畫裡的青梅竹馬一樣吧……因為那純粹只是塑造出的角色，不是嗎？就像剛才的笨蛋情侶笑話一樣，只是裝裝樣子……」

「那我們現在讓他們互相用暱稱稱呼，是否也只是裝裝樣子呢？」

我沉默了……我們期待用暱稱稱呼對方能讓兩人覺得難為情，開始對對方另眼相看。會不會那兩人無論是故意也好無意也好，其實只是巧妙地體察並配合我們的心意……？

「總之，只有一件事我可以斷言——」

東頭同學沒理會我的沉思，用手指輕敲兩下自己畫的畫。

「——現實中的青梅竹馬，一定不會是這樣啦。真是讓人美夢破滅。」

◆ 南曉月 ◆

如果說我從沒對青梅竹馬的關係抱持過幻想，那是騙人的。

我在漫畫或動畫裡看過很多次。住在隔壁，情同兄弟姊妹，兒時有著許許多多的回憶，長大之後才互相傾心——我也懷抱過這種彷彿理想情況或是心中願望的集合體，名為青梅竹

馬的閃耀夢想。

我與小小，就是這種關係。

就是那種幸運地在現實生活中，實現了許多人夢寐以求的願望的特別存在——假如有人有個從小認識的異性還沒有過這種念頭，請你們告訴我。我馬上去揭穿那種人的謊言。

現實生活，其實差不多有一半像是虛構。

大家都在尋找自己的定位。像是領導者、大家捉弄的對象、孩子王或是班長型角色等等，都在扮演著似曾相識的人種。而自己也在透過對方塑造的角色特質去了解對方，一套像是電視藝人或網紅對話的翻版就能炒熱氣氛……

同樣地，我也把小小看待成「青梅竹馬」這樣的角色。

無法區分現實與虛構，由衷堅信我們是動漫裡會有的那種浪漫關係。

所以——我才做得出那種事來。

因為我們是青梅竹馬，是命中註定的一對。所以，我以為不管我做什麼……小小都會接受……會諒解。

我知道，我知道那時候的我太笨。可是，可是我要說……

其實我……只是想讓小小過得幸福。

就只是這樣而已。

所以……拜託，相信我。

……你相信我嘛……

——少跟我來這套，要我怎麼相信妳啊！妳知道妳對我做過些什麼嗎！怎麼還有臉講這種屁話啊，我看妳是腦袋進水了吧？進水進到都咕嘟咕嘟冒泡了！否則怎麼會不給我準備筷子，不讓我去便利商店，光是我跟一個女生當值日生就要跟我發飆！對啦都是我的錯是我不好！是我不該因為從小認識就對妳這種瘋女人有感情！啊啊？妳哭什麼哭啊，我才想哭好不好！還給我！把這幾個月還給我！把妳從我身上剝奪的時間全部還來——！

◆ 川波小暮 ◆

我記得我從懂事以來，就從來不怕交不到朋友。

我不需要特別注意什麼，就能自然地跟別人說話，並試著跟對方做朋友。我膽子比較大，甚至不懂得什麼叫做怕生，不管是在哪裡或跟誰，都能像呼吸一樣讓自己融入團體。我不需要努力，從一開始就具有不管到哪裡都能適應的自信。

現在回想起來，那或許是某種生存策略。

我隱約有點印象。記得大概是在我還是嬰兒的時候，母親面帶笑容哄我睡覺，在我快要睡著的前一刻，滿臉倦容地嘆了口氣。

那記憶極其模糊，也許不過是一場夢。但那個光景，在我的靈魂中設定了一個目的。

我必須讓自己，能夠獨立存活。

必須不讓任何人，為了我的事情嘆氣。

這個目的以強迫觀念來說太過自然。它早在靈魂的成形階段就在我的內心深處紮根，界定了我這個人。

於是就這樣，我即使去到陌生的地方也不會覺得孤單，反而對自己的獨立感到自傲。我從沒嘗過孤獨的滋味。

可是，我跟曉曉待在一起時，心裡卻感到有點安心。

明明從來沒有過不安的心情，這樣說或許很奇怪，但我跟曉曉在一起的時候，會覺得好像找到了自己的位置。

——我不用試著跟曉曉做朋友，她就會陪在我身邊。

——我不用努力做什麼，曉曉就會陪在我身邊。

——我不用特別說什麼，曉曉就會懂。

一想到這些，就好像玩電動抵達存檔點的時候那樣，我發現自己感到很放心。

但說穿了，這不過是一種傲慢罷了。

「哦。」

「……啊……」

下午課堂的下課時間，我離開座位想去個廁所，在走廊上撞見了曉月那傢伙。

我也沒多想就調離目光，不去看那傢伙的臉。

四下沒有其他學生，不需要講那些白痴笨蛋情侶笑話。當然，也不需要用「曉曉」這種過去式的稱呼叫她。

唉，但為什麼——氣氛會這麼尷尬？

後頸一陣發癢，使我心神不寧。我很想立刻開溜，同時卻又猶豫不決。

都是伊理戶他們害的。讓我們恢復以前的稱呼，害得我好不容易調整好與曉月之間的距離感，現在又出錯了。

我用那種糟糕的方式跟她分手，毀掉經營了將近十年的感情。但我終究還是不想讓其他人擔心，所以連爸媽都不知道我跟曉月之間的事。我謊稱是因為準備考試壓力太大，才會搞到胃穿孔。

本來絕不可能再見面的曉月，跟我也在外人面前假裝什麼事都沒發生過——不知是幸或不幸，我偏偏就是有這種能耐。

能跟處得不怎麼好的人假裝處得很好，這種能力就是俗稱的交際力。

我跟這女的，都充分具備了這項能力——所以今天，直到這一天之前，我們表面上都裝得很好。

沒想到……竟然會因為這點小事，就開始破功。

精心粉飾的表面工夫，只因為一個稱呼就快要掉漆。我已經不知道該用什麼表情跟這傢伙說話才好。

像以前那樣？辦不到。

像昨天之前那樣？辦不到。

現在的我，扮演不了任何角色來面對這傢伙。

我連第一句話該說什麼都想不到。只能用力搓搓發癢的脖子，讓目光四處游移。這樣的自己讓我火冒三丈。

看到我這樣，她用有所顧慮的細微聲音說：

「……你幹麼……鬼鬼祟祟的，啊？」

眼神不帶好意，半睜著眼，像在挑釁——但她的聲音，卻彷彿心有迷惘般發抖。

曉月表現出來的，是這幾個月建立起來，用以對付我的角色的殘骸。

這個角色早已漏洞百出，令人不忍卒睹。即使如此，曉月仍繼續找我吵架。

「那只是……開玩笑，不是嗎？……你這樣不好意思，我會，有點……」

「才、才不是好嗎？只是，該怎麼說，連其他人不在的時候，都要跟曉曉──」

「曉曉？」

「啊，不是！我說錯了！……我只是一下子腦袋轉不過來──」

「好吧算了，沒差。我不在乎。反正是懲罰遊戲嘛？嗯。」

講話講得軟弱無力。其中有著迷惑，有著猶疑。這傢伙也跟我一樣，被搞迷糊了。搞不清楚該用什麼表情跟我說話，牢固地建立起來的表面工夫出現破綻，變得只能用暴露的真心話做掩飾。就像我一樣，好像兩人的心靈相通，好像回到開始交往之前的時光──

──可是，為什麼？

「該怎麼說呢……對啦，假如這種稱呼方式成了習慣，那不是慘了？搞不好會被別班同學聽見……我也不希望事情再繼續傳開……」

妳也在用特殊眼光看我對吧？很尷尬吧？看妳的反應，應該是這樣吧？

可是──我為什麼滿不在乎？

為什麼沒起蕁麻疹，也不想吐？

平常我那反應過度的自我意識，為什麼現在毫無反應？

為什麼——妳說的話，聽起來這麼淺薄？

「你看嘛，你應該也不希望那樣吧？再說，結女她也不想要事情鬧大——」

啊啊——…………沒救了。

「就是啊，事情繼續鬧大就真的太麻煩了。我會注意。」

「……咦？」

「我也不忍心看伊理戶同學為這件事內疚。妳也要多注意喔。」

無聊透頂，沒救了。假戲真做個什麼勁啊。現在這是在玩什麼扮家家酒啊。

難道還以為，我們能變得像伊理戶水斗與伊理戶結女那樣嗎？

才怪。我們才不是那種酸酸甜甜的關係，不是那種值得尊崇的關係。我們如今只是愚劣、愚昧又愚鈍，無藥可救的殘骸罷了。

少在那裡受人家影響了。

我們已經沒有任何地方，可以重新來過了。

「那我閃啦。我正要去廁所。」

我輕輕揮手，從曉月的身邊走過。

這實在太簡單了，一點迷惘或猶豫都沒有。既沒有發癢也沒有火氣。真的……做起來既輕鬆，又簡單。

「喂……等……！」

「怎麼了？」

我停下腳步，回頭看她。她叫我我就停下來了，很合理吧？

反正我們又沒在吵架。

曉月張開嘴巴想說些什麼，但到頭來，連一聲嘆氣都沒有。

她臉上掛起輕薄的傻笑。

「沒～什麼♪叫叫看而已～♪」

「嗚哇！好肉麻！」

「你說什麼！」

我們都笑了起來，然後極為和平地，轉身背對對方。

「……唉。」

我彷彿聽見了一聲嘆息，不曉得是誰發出來的。

真是……沒救了。

◆ 南曉月 ◆

你相信我嘛。

我早就知道，我沒資格說這種話了。

還來得及挽回？我到底要依賴別人到什麼時候？

難道我不知道讓表面態度恢復到從前也沒用，那時與現在的我們，早就已經是不同的生物了嗎？

「……唉。」

那時候好開心喔。

念小學的時候——那時我從來沒想過，要成為他的女朋友。

那時候……………真的，好開心喔……………

◆ 川波小暮 ◆

三天兩夜的學習集訓，到了最後一夜。

這個時段，可以讓我們自由活動。最棒的是竟然還准我們外出。而就在同一時間，簡直好像算準了似的，飯店附近的一間神社將會舉辦祭典。

說穿了就是學校不會特地為我們準備娛樂，自己愛去當地的祭典就去，只是出了問題得自行負責。

不過對我們來說呢，總比寶貴的暑假時間從頭到尾都在上課來得好多了——反而還可以趁這大好機會，約想追的男生或女生來個夏日祭典約會。

我不可能錯過這個機會。

我打從一開始，就打算把兩個伊理戶趕去參加祭典了。

據說這場祭典最出名的特色，就是會放超大一個的手筒煙火。所謂的手筒煙火，就是由師傅直接抱著竹筒，從中朝著高空噴射出驟雨般的火花。聽說有些甚至能噴發到十公尺之高，想必震撼力十足。這麼難得的機會，邀別人一起去看一點都不奇怪。

當然那對兄弟姊妹是不可能乖乖兩個人一起去，這時就得依賴常套手段。

只要像玩電動的時候那樣五個人到齊，揪團一起去就行了。

等到把他們帶進擁擠的人群中，我的計畫就得逞了。我可以假裝走散讓他們兩人獨處。

正巧手機也被沒收了，想重新會合也有難度。

於是我們離開飯店，走在陌生的夜晚街道上。

「哦呵～呵～♪」

「不巧我手上沒有狗語翻譯器，妳這叫聲是什麼意思，東頭？」

「就是『第一次跟朋友夜遊耶，情緒超亢奮～』的意思！」

「……我姑且問一下，妳對方向感有自信嗎？」

「請不要把我看扁了。看不到山的方向就是南方對吧？」

「妳這方法只在京都市管用，這裡是滋賀。妳可絕對不能走散喔？」

事情進行得意外順利。

本來以為伊理戶可能會察覺到我的企圖而藉故推辭，誰知他二話不說就答應了——搞不好他本來就想跟伊理戶同學一起去了？其實就等我開口？

我用手摀住嘴巴。平時控制表情是我的拿手本事，偏偏只有在開心妄想的時候會管不住自己的臉。

夜路上有看到零星幾個洛樓的學生，不過都是穿便服。聽說去年有過勇者帶著浴衣來參加集訓，但今年好像沒有。

「啊——好想看結女穿浴衣的模樣喔——回京都之後大家一起去逛祭典怎麼樣？」

「也好。雖然祇園祭已經結束了，但應該還有很多機會。」

走在前面的曉月與伊理戶同學正在輕鬆愉快地聊天。伊理戶他們似乎也覺得事情超乎預期地鬧得太大，正在反省——不再像早上那樣硬是把我們湊在一起。

真是謝天謝地。現在要是被別人看到我們倆走在一塊，那就真的要被酸而不只是鬧著玩了……要是變成那樣，我不知道自己能不能保持平靜。

「到時候東頭同學要不要也一起來？來去逛祭典——」

「咦？啊，好的，我也可以參加嗎……？」

「只要妳願意穿浴衣的話！妳知道嗎？浴衣底下是不可以穿內衣的喔。」

「這、這個應該是假知識吧……？」

「說它是假知識的才是假知識喔～」

「曉月同學，還是把這堆下流心思收起來吧。東頭同學快要下定錯誤的決心了。」

「我、我就知道妳是覬覦我的胸部！原來妳只是看上我的身體！」

東頭氣噗噗地小跑步逼近曉月。

只剩下我與伊理戶兩個大男人留在現場，一時之間，四下寂靜無聲——

「——川波，你跟南同學怎麼了？」

對於這個趁著空檔提出的問題，我不假思索地回答：

「沒有啊？問這幹麼？」

「不知道，隨口問問。」

「什麼跟什麼啊。」

我故意輕鬆地哈哈笑了兩聲，但伊理戶表情不變。

「你無所謂就算了。今天的我是ＲＯＭ專，不會插嘴。」

說完伊理戶就加快腳步，趕上曉月她們。

……講這麼多，還不算插嘴啊？

到底有什麼意見啊，我這樣沒什麼不好啊。那件事是我錯了，是我誤會了。是我自己……在妄想，不是嗎？

我給我自己訂了人生規則，要成為一個不需要照顧，不會麻煩到任何人的人。這是我這個角色的基本設定。

但是……即使如此，那時我以為還是有個例外。

不需要拿自己制定的角色去因應——可以讓我做我自己——用我真正的想法，自然而然地相處的——一個例外。

為這種事傷感太丟臉了。

因為那些想法，其實都只是我一廂情願——

「是說妳不會再穿少一點啊——！寶貴的胸部都被妳糟蹋啦——！」

「呀啊——！不要，禁止觸摸！這是禁止觸摸的！」

「對耶，今天穿得還滿保守的。平常來我家明明都穿帽T搭坦克背心。」

「咦！等一下，她那件帽T底下就穿那樣嗎！」

「嗚哇！被我發現了，妳就是只在男人面前穿少少的那種女人。」

「根本無中生有！我、我只是有在區分家居服與外出服而已啦！」

「不是，東頭同學，穿家居服去男生房間也不對吧。」

曉月加入伊理戶他們之間，笑得非常開心。

妳這副笑容，我看也只是在演戲吧？只是配合這個場合塑造出的假性格、假笑容吧？我一直以為只有妳，可以讓我說出我的真正想法，結果妳根本都是這樣，用應付別人的人格來應付我。沒錯，所以我才沒看穿妳的本性——

——就算是這樣好了。

在我的心中，有另一個某某人反駁了。

就算是這樣，就算真是這樣好了。

你看那副笑容，你聽從那裡傳來的笑聲。這些，最起碼——

比起在病房崩潰痛哭的時候……

比起剛才悄悄對你失望死心的時候……

……現在這樣，不是顯得開心多了嗎？

「……………………………………」

我仰望夜空。

美得如夢似幻的月亮，令我目眩神迷。

◆ 伊理戶結女 ◆

參加夏日的祭典，會害我想起人生的第一次約會。

我在人群中走散，迷路，講喪氣話……然後，是那男的找到了我。

沒錯，是他找到了我——在那之前，我一直以為全世界沒有人會多看我一眼，以為自己沒有那個價值。所以，那時候，我感覺是**真的**有人找到我了。

所以，大概從那時開始，我就不再試著維持形象了。不再試著扮演更好的自己。我和他，變成了單純的綾井結女與伊理戶水斗。

即使如此，男女朋友這種身分立場維持得越久，我就越是執著於「情侶」此一頭銜，想成為「正常的情侶」——也就越來越做不了自己。

——唉，想到這點……

要維持像是一家人的自然關係好幾年，不曉得有多困難。

青梅竹馬——能夠維繫這種關係，不就是一種奇蹟了嗎？

「啊！要開始嘍，結女！」

曉月同學指著前方。水泥棧橋上站著身穿祭典法被的男士，在他的腳邊，有著朝向琵琶湖湖面橫放的大火筒。

咻——！燦爛炫目的無數火花溢滿而出，應聲往湖面飛去。身穿法被的人一拿起火筒，火花就像噴水池一樣飛升夜空。

「哦哦——」

曉月同學發出感動的讚嘆，我側眼偷瞄一下她。

曉月同學是我的好朋友，我希望高中畢業後還能繼續與她來往。我不覺得這會很困難，曉月同學一定也是這麼想的。

但我更明白，我無法取代那個地位。

如同那男的在我心中，以及那男的在東頭同學心中的地位——對曉月同學來說，「那個位子」一早在很久以前，就已經被占去了。

因為——曉月同學，永遠只會說他一個人的壞話。

砰！竄上天空的火花爆出巨大爆炸聲，在黑夜中凋零。

光芒消逝後黑暗重返四下，片刻間，我看不到自己以外的人事物。

——就在這時，有人拉了一下我的襯衫衣袖。

不知道為什麼，我不用轉頭就知道那是誰。大概是因為很遺憾地，沒有人比那傢伙更擅長找到我吧。

「————，————」

聲音對我呢喃。

我笑了。

因為我不禁，有點羨慕起曉月同學來。

◆ 南曉月 ◆

第二發手筒煙火點燃後，光芒再次在黑夜高空中起舞。

我聽著火焰噴泉啪滋啪滋作響，同時偷看一眼身旁的結女。端正的臉龐被煙火照亮，刻下鮮明的陰影。

我自己也不知道，我為什麼這麼喜歡結女。

或許是因為她很可愛，也或許是因為她很溫柔。只有一點我能確定，那就是每當我審視站在她身邊的自己，就會覺得稍微得到了救贖。

我知錯能改。

這次我不再那麼自我中心了，懂得為對方著想。沒透過任何有色眼鏡與願望，我看到的是真正的結女。好吧，雖然四月時我不小心犯了一次錯，但那也只是稍微沉浸在妄想裡一下而已，並沒有對結女造成任何實際傷害所以安全過關。

不要緊。這次絕對不會出事——我只要有決心，就辦得到。

這次我不會……再毀掉那些快樂的日子了。

「咦……奇怪？伊理戶同學？」

無意間我發現了一件事。之前藏在陰影中沒發現，但伊理戶同學，就站在結女的身邊。

我看到兩人的肩膀，稍微靠在一起。霎時間，胸中燃起一股熾熱的妒火，我急忙把它壓下去。自重自重，謹記不可以做得太過火。

本來不是跟那傢伙在別的地方嗎？

「幹麼～？變得想跟女生混在一起啦？好悶騷喔～」

我半開玩笑地說，同時把結女的手臂摟向自己。就只做到這樣。

這點程度的話，一定不會讓人感覺太沉重——應該吧。

這點程度的話，結女也不會拒絕我——應該吧。

——但我的期望落空了。

「曉月同學，對不起。」

結女的手臂，輕輕地滑出我的臂彎……

用極輕的力道，溫柔地，推開了我的肩膀。

「咦……？結女……？」

「有任何怨言，我下次再聽妳說個夠。」

結女明確地，與我拉開距離——臉上卻溫柔地笑著，像是在為我打氣。

「這次，妳先一個人去努力看看吧。」

背後，有人抓住我的手，用力把我拉過去。

我不知道那人是誰。

比起這個，結女的身影消失在人潮之中，更讓我傷心——

我看到煙火升上天空。

炫目的光彩，落下深沉的陰影。

伸手不見五指的黑暗，將我吞入其中。

◆　伊理戶水斗　◆

「謝謝妳。」

聽我這麼說，結女像平常一樣帶刺地回答：

「怎麼是你來跟我道謝？不是川波同學拜託你的嗎？」

「……沒多想就說出口了。」

砰！我看著手筒煙火爆開的模樣，想起了剛才呢喃的話語：

——川波有話，要跟南同學講。

「……真佩服妳，聽那樣竟然就懂了。」

「哎，沒多想就猜到了。」

「沒多想就猜到了是吧……」

人的真實心意，究竟藏在哪裡？

常說一個人有角色特質、表面形象或是假面具，簡直好像這個人有他的真實人格似的，但這真實人格到底何時才會用到？獨自沉思的時候？難道那不是「獨自沉思時的角色特質」嗎？

真實心意、真面目、做人的中心思想。那是最希望得到他人理解的部分，卻是靠自己絕對找不到的部分……

假如真有這樣的部分，那麼它——

「——也許不在自己的身上吧。」

「咦？什麼意思？」

「沒什麼，思考一下哲學罷了。」

結女用受到月光照亮的臉龐，帶點輕視的意味微微笑了笑。

「你這人有點那個呢。就是東頭同學說過的……中二病？」

「國中時期拿大衛．鮑伊當手機鈴聲的人沒資格說我吧。」

「那……那明明是你推薦我看的電影的主題曲好嗎！」

哎，總之不管怎樣，再來就看他們當事人了。

我是Read Only Member。

只會沉默靜觀事情發展。

——嗯？

我們，剛才……好像聊國中時的事情聊得很自然？

我回頭往後看，眼前只有群眾的陌生面孔。

「……欸，東頭跑哪去了？」

「咦？」

結女也回頭一看，然後僵住了。

……原來如此。原來如此，原來如此。

「看來我天生就注定要在夏日祭典尋人了……」

「啊啊好啦對不起！滿意了嗎！」

◆ 川波小暮 ◆

我們一直在幻想。

幻想我們能夠比任何人都了解對方，迷人、樂於付出，無論對方說什麼，都能一起當成笑話——

——天底下，哪有這種專為自己量身打造的人。

我到底跟那傢伙當了幾年朋友啊？雖然是怎麼認識的不記得了，但相處了將近十年，都被人稱為青梅竹馬了，我到底懂了她的什麼？

懂她的可愛？樂於付出？給我的笑容？這些全都不過是外表性格罷了。不過是給我方便的表面部分罷了！我……只不過是從她身上抽出符合自己心願的部分，作了一場美夢罷了。

等我發現時已經太遲了。

可愛的笑容，以及樂於付出的控制欲。她跟我認識的那個青梅竹馬大致上沒有任何不同，卻漸漸變成了我所不認識的某種存在。

不，她並沒有變。

並沒有露出面具底下的真面目，變成了另一個人。

那傢伙打從一開始，就是那種人。只不過是我愚昧無知罷了。

我只是從自我感覺良好的美夢中醒來，看清了現實罷了。

……啊啊，可是，明明是這樣……

夜晚的街道，那些溶入黑暗的燈光，卻一一閃過眼前。

那一夜的冒險、仰望的夜空、美麗的明月，都化為光芒從眼前飛逝。

失敗了。

我由衷覺得自己失敗了。

我是真的再也毫不留戀。那一夜萌生的熱情如今已消失得無影無蹤，到了空虛寂寞的地步。取而代之的，只有無盡的後悔。

所以，要我說幾遍都行。

青梅竹馬還是算了吧。一旦有個萬一將會無處可逃。

青梅竹馬還是算了吧。之間太沒有祕密了。

只有青梅竹馬，絕對碰不得。

不像作夢，能說忘就忘。

◆　南曉月　◆

被拉離了人叢之後，我才終於看見是誰抓住我的手。

川波小暮露出一如往常的輕薄冷笑，站在深沉的黑暗中。

我不由得別開目光，不去看比我高出大約三十公分的那張臉。為什麼？不知道。大概是覺得沒資格吧。

我想甩開被抓住的手。他的手，比我的手大多了。將我完整包在裡面的觸感，雖然令人懷念，但現在的我不能想起來。

然而，川波卻不肯放開抓住的手。

反而還握得更加用力——嘴上卻輕鬆地說：

「我們走走吧？」

川波把我的手一扯，開始往前走。我搞不懂現在是什麼狀況，只能跟著他走。

這附近有很多住家，照亮夜路的燈光全都帶有生活感。明明是截然不同的景象，頭頂上的夜空，與逐漸遠去的喧囂，卻逼我回想起那一夜的事情。

回想起全家出遊的夜晚，兩人溜出旅館的那一夜。

以及……想也知道守不住的，孩子氣的約定。

我們避開人群聚集的場所走了很久，來到了琵琶湖的湖岸。

就只是個水泥地設置了幾張長椅，氣氛寂寞冷清的場所。由於是湖泊，所以連浪濤聲都聽不見。在漆黑無風的湖面遠方，可以看到對岸隱約閃爍著城市的燈火。

川波放開我的手之後把手塞進口袋，遠望廣闊似海的湖泊。

「聽說到了八月，會有更大的煙火晚會喔。不過從京都當天來回，回到家的時候可能就太晚了。」

「……你這什麼意思啊，川波？」

大老遠把我帶來這種無人造訪的地方閒聊？

被我用滿腹狐疑的眼光一看，川波態度不認真地聳了聳肩。

「沒什麼特別意思啊，曉曉。」

……都什麼時候了，還想繼續玩懲罰遊戲？你明明已經知道……現在再用這種稱呼，到頭來，也只不過是虛情假意的表面話罷了。

「我只是……覺得好像會滿好玩的。」

「……嗄？」

「在這個時候，沒有人會來這邊不是嗎？入夜的無人琵琶湖，不覺得讓人有點興奮雀躍嗎？順便好像還成功讓兩個伊理戶有機會獨處——不過照東頭的個性大概不是識相迴避，只是真的走散了吧。」

搞不懂……我跟他從小就在一起，應該對他無所不知才對……現在卻完全搞不懂這傢伙在想什麼。

我想起白天，他看穿我做的笨拙掩飾時的情形。想起那沉默離去的背影。

你那時候，不就已經對我死心了嗎？

不就已經發現，我不再是「比女朋友更有趣」的南曉月了嗎……？

「……妳這內心覺得不安的表情，是真的？還是裝的？」

忽然傳來的冷淡聲音，讓我嚇了一跳抬起頭來。

在我眼前的，不再是剛才那種親暱的神情……是完全的面無表情。

「我從小看到大的妳，是『南曉月』？還是『青梅竹馬』？」

不知道。

你問我，我能問誰呢……？

剛開始絕對不是這樣。因為尚且介於懂事與懵懂之間的孩子，冠不上青梅竹馬這個頭銜。我當時跟你在一起，並不是透過這一層關係……照理來說應該是這樣的。

但曾幾何時，我們卻變成了那樣？

你說過，我比女朋友更有趣。所以，我很想變成比女朋友更玩得起來的人。想變成動漫裡的那種命中注定的對象。只是這樣，就只是這樣而已……誰知道……

我感覺川波的面無表情，變成了黑洞般的一片黑暗。

虛偽矯飾的自己，為膚淺的真面目戴上的層層面具，一個一個地，被它吸進去……最後，就連什麼都不剩的我自己也……——

「——哎，誰知道呢？」

川波的神情，忽地變成了自嘲般的笑臉。

「哪些是真心話，哪些是角色特質，這種事誰都搞不清楚，況且是哪個都無所謂。既然這樣就應該讓自己開心點，妳說是不是？」

我抑制住心情……

那傢伙的神情，如今又變得像太陽一樣耀眼……

「我們就別再吵那些沒意思的事了吧。剛才是我不好，不該為那點芝麻小事生氣。我只是心情不太好——不是妳的錯，別在意。」

不要這樣。

拜託不要對我好。

「不過嘛，其實假扮情侶也挺好玩的，不是嗎？——我稍微體會到被ＲＯＭ的人的心情了。雖說上了高中還叫妳『曉曉』實在還是挺丟臉的就是——」

要融化了。我的心快要融化，快要想撒嬌了。我又要，又要……變回國中時的自己了。

我以前就是喜歡小小的這種個性。

總是心思細膩地猜出我的心情，就算吵架也會努力跟我和好。明明還有很多其他朋友，重要時刻卻總是以我為第一優先。又體貼，又是個開心果，只要陪在我身邊就能吹散我悶悶不樂的心情——我好喜歡這樣的你，為你瘋狂。

可是……

正因為如此……

「——不准道歉！」

◆　川波小暮　◆

曉月的尖叫，銳利地撕裂了夜間琵琶湖的寂靜。

「拜託你不要道歉……！不要說是你的錯！明明是我不好！是我腦袋有毛病！是我從來沒去想過，你真正想要的是什麼……！明明，明明是這樣，為什麼是你在道歉啦……！為

什麼是受到那種對待，弄到胃穿孔的你在道歉！你不可以道歉！不然，我就不知道該怎麼辦了……！」

曉月淚如雨下，嘔血般地吼個不停。

「你人也太好了啦！幹麼還來我家打掃啦！大可以跟我絕交啊……！就算是同班，就算住在隔壁，就算我媽媽拜託你！不要理我就好了啊！幹麼這麼會做人啦！幹麼裝得一副什麼事都沒發生過的樣子啦！就跟你家人說實話啊……！就去告狀說跟我交往害得你住院啊！都怪你什麼都不說，你爸媽到現在還以為我跟你只是感情很好的青梅竹馬……！明明，明明是我害的……明明是我害你在準備入學考的重要時期住院，給你添了一大堆麻煩……！要我拿什麼臉去見他們！我不知道了啦！因為不知道，所以只能繼續像以前那樣！差點給結女添麻煩的時候也是……！搞不懂你為什麼要來幫我擦屁股！你應該要想跟我撇清關係才對啊！我就是個神經病地雷女，這你應該比誰都清楚吧！怎麼都不會怕跟著倒楣啦——！」

像是從胃部底層、胸口深處，把自我擠壓殆盡。

曉月吼到喉嚨沙啞，肩膀上下起伏，哭哭啼啼地用手掌心擦眼淚，說：

「但是……可是……」

很小聲，有氣無力……就像在求助似的。

「……我不要你跟我說話，好像當陌生人一樣……！」

最後低喃的話語……我立刻就明白到，講了半天，這才是她最想說的。

對，這個——應該就是從曉月內心最深處，無心洩漏的真心話吧。

我沒多想就知道了。

因為——我們曾經是青梅竹馬。

「妳講完了嗎？」

我平靜地問道，沒有得到答覆。

既然這樣……

「那接下來，換我了。」

◆　南曉月　◆

「——妳才是道歉道個什麼勁啊！！」

聽到這聲暴跳如雷的怒吼，我抬起了哭得唏哩嘩啦的臉。

「明明是我把妳臭罵一頓，害妳哭得那麼慘！都在一起將近十年了，我卻一點都不肯信任妳！沒錯，妳是很誇張！是個神經病地雷女！我再也不想跟妳這種人交往了！但是，我也沒好到哪去啦！十年耶，都在一起十年了，卻絲毫沒發現妳有多誇張！就只知道妳還滿可愛的，事事都還滿順著我的，除此之外什麼都不知道！我這種遲鈍的臭傢伙比妳誇張一億倍啦，我有說錯嗎！」

大概自從那次在病房以來，我就沒聽過他這種真心的怒吼了。

可是……怒吼的內容，跟那時候正好相反。

「其實我一直很想跟妳道歉！一直對於自己講得那麼過分覺得很內疚！妳卻講得好像全都是妳的錯！我真的很生氣耶，有夠豬頭的！整天讓女生跟我道歉感覺很差耶！好歹也讓我說幾句對不起吧！」

「嗚嗚……嗚唔嗚嗚唔唔！」

什麼意思嘛，什麼意思嘛，什麼意思嘛……！

「少、少在那邊亂講啦你！原因是出在我身上！分明就是我不對！為什麼會變成是你不對啊……！」

「我是說真要追究起來我也有錯啦，白痴耶！」

「我哪裡白痴了！從以前到現在，都是我在教你功課的好不好……！」

「妳就是只會用成績判斷聰不聰明我才會說妳白痴啦妳這白痴！」

「吵死了啦，笨蛋！你才是笨蛋啦你這個濫好人！什麼叫做遲鈍的臭傢伙啊！就算是青梅竹馬也不可能什麼都知道啦！你完全就是個受害者！怎麼連這都搞不清楚啊！」

「妳才搞不清楚咧白痴！就是因為妳白痴才搞不清楚啦白痴！」

「笨蛋笨蛋笨蛋笨蛋笨蛋笨蛋笨蛋笨蛋笨蛋笨蛋笨蛋笨蛋笨蛋笨蛋笨蛋笨蛋笨蛋笨蛋！」

「白痴白痴白痴白痴白痴白痴白痴白痴白痴白痴白痴白痴白痴白痴白痴白痴白痴白痴！」

一整個沒意義。

比小學生還不如。

又幼稚又詞窮，又笨又傻外加不成熟。

可是——我停不下來。

內心某處像是潰堤了一樣湧出一堆話來，忍不住想發洩在眼前的男生身上。其他事情全都被拋到了九霄雲外。我沒有多餘精神做表面工夫，或是扮演好平常的角色。

啊啊——真是太令人懷念了。

我們有多久沒這樣吵架了？記得上次是你取笑我在看的卡通。我哭得好慘，你也挨阿姨罵，結果兩個人一起嚎啕大哭。

還是我打電動第一次贏過你的那次？你想都沒想到會輸給我，所以一時輕敵，所以我湊巧贏了那場，我不識相地又跳又叫，於是你開始講酸話不服輸，我們吵了起來——

為什麼？為什麼？

我曾經是你的女朋友，不是嗎？我們曾經是情侶，不是嗎？雖然只有短暫的時間，但我們也做過一些情侶會做的事。我們不是有過正常的幸福，做過快樂的情侶嗎？好歹也有過幾段酸酸甜甜的回憶，不是嗎？

可是……為什麼，我只能想起這些沒意義的事情……？

我哭得一把眼淚一把鼻涕，滿口都是罵人話，而且能罵的詞彙少得可憐，開始後悔早知道就像結女那樣多看點書——就這樣罵著罵著，我開始喘不過氣來了。

「……哈啊……哈啊……！」

「哈啊……哈啊……哈啊……！」

我們喘得上氣不接下氣，凶巴巴地瞪著對方，然後竟然還想擠出聲音——突然間，小小猛地撲了過來，整個人欺到了我身上。

「咦……！小、小小……！」

就、就算說這裡沒有別人，也不能在這麼開闊的地方——咦，好重……！

我發現小小的身體失去了力量。

我急忙站穩腳步，支撐他壓在我身上的體重。小小體格修長卻骨骼分明，燙得像有火在燒——燙？

我看看他的臉，一道汗水流過他的太陽穴。身體在發燙，臉色卻反而一片慘白。我心頭一驚看看他的手臂，果然在那上面——看到了一顆顆的蕁麻疹。

「小……小小……！你這是……該不會，你一直在硬撐——」

「抱歉……現在先不要叫我『小小』，我撐不住……」

我急忙住嘴。

這傢伙的奇怪過敏症——應該說是ＰＴＳＤ，並不是有讀心術可以偵測到對方的戀愛心情。可是……像我剛才吼得那麼直接，他當然聽得出來了。聽得出我的心裡，其實還留有當時的感情……

男生是另存新檔，女生是覆蓋檔案——是誰在亂講這種假知識？

哪有可能覆蓋得掉啊。

心裡有著太多回憶了。有著比地球上的任何人都要多的回憶。你以為要花上多少年，才能把這些回憶全部覆蓋掉？

據說人會隨著年齡增長，而覺得時間越過越快。又說假如以這種體感時間為基準來測量，人生在十幾歲就會迎接轉折點。如果是這樣，那我想覆蓋掉小時候那十年的所有回憶，剩下的人生豈不是根本就不夠用？

根本沒辦法忘掉。

因為我們……就算到最後，迎接了悲慘的結局……依然是青梅竹馬。

「……雖然跟妳談戀愛的那段日子，像是活在地獄……」

小小氣喘吁吁，卻仍在我的耳邊說著。

「可是……小時候，我們的暑假作業，不是一起做過畢達哥拉斯裝置嗎……？」

「……嗯。」

「為了玩行動定位手遊，我們還一路走到山上……」

「嗯……」

「然後……全家出遊的時候，我們還偷偷溜出旅館……」

「……嗯……」

「…………真的好開心喔…………」

「…………嗯…………」

那些時候，我跟這傢伙，還沒有變成男生跟女生。

那時我們還不是青梅竹馬，也不是情侶。

「我們，有那麼多的回憶……真的，多到我都嫌煩了……可是……這所有的回憶……難道只因為我們交往不順利……就全部變成地獄的一部分了嗎……？一想到這裡，我就……」

聽見吸鼻子的嘶嘶聲，我還以為是我聽錯了。

「…………就不禁，覺得……心情好寂寞…………」

我從沒聽過他發出這種微微顫抖、帶著哭腔、脆弱無力的聲音。

小小竟然哭了……真的，真不知道，有多久沒看到他這樣了。

「……我說啊，曉曉……」

「什麼事……？」

「……妳還記得……那個，約定……——」

隨著聲音沙啞消逝的同時，小小的身體完全失去了力氣。

我雙腳踏穩，從正面緊緊抱住這樣的他。

當時，位於相同高度的視線，現在比我高出了三十公分。

當時，一起到處奔跑的身體，現在大到幾乎抱不住。

可是，仰望夜空，會看到跟當時一樣的光輝。

「……我還記得喔，小小。」

當然嘍。

你以為我會忘記嗎？想得美。

◆川波小暮◆

「你總算起來了。」

被傻眼的語氣喚醒意識，我慢慢地睜開眼皮。

以閃亮的星空為背景，曉曉湊過來看我的臉。

背後有木頭堅硬的感覺。讓我的後腦杓軟綿綿地靠著的東西，大概是大腿吧。看來我正躺在湖岸的長椅上，枕著她的大腿。

「……我睡了多久？」

「差不多半小時吧，大概。沒有手機不知道。」

「喔喔……難怪這麼冷……」

我打了一個冷顫。雖說是夏天，但晚上在戶外睡了半小時還是會冷。不過，失去意識之前支配全身的高熱與反胃，已經好了很多。

「……如果覺得好多了，可以先請你坐起來嗎？我腿開始麻了。」

「我會的，反正躺起來也不太舒服——好痛！」

我輕輕按了一下當成枕頭的大腿，隨後支撐頭部的物體忽然消失，後腦杓狠狠撞在長椅的椅面上。

我痛到叫不出來，但心裡覺得有點驚訝。

她的大腿，似乎比之前更有肉了。摸起來像是會吸住手指——是練出肌肉了，還是該長在胸部的部分都跑到這裡來了？……真是，現在才來變得接近我喜歡的類型。

一方面也為了趕走留在手上的觸感，我坐起來提出抗議。

「懂不懂得善待病患啊！」

「不關我的事～不會去找個女朋友來對你好啊？你不是很有女人緣嗎？」

「妳這是在酸我嗎！要不是有這種體質，我早就——」

曉月先是偷瞄我的臉一眼，然後語氣有點帶刺地說了：

「對不起。」

「……怎麼覺得妳好像很不服氣？」

「沒有啊？只是覺得很抱歉妨礙了你充實美好的高中後宮生活。」

還後宮咧，我沒那麼受歡迎好嗎？妳把我當成什麼了——

——……我不要你跟我說話，好像當陌生人一樣……！

到了這時候，曉月抽抽搭搭哭泣的模樣又重回我的腦海。剛才聽曉月大吼大叫的時候，過敏症狀一發不可收拾……這就表示這傢伙，還是那麼回事。也就是說，她現在這種簡直像在吃醋的反應，就是——

「——我說……妳啊……！」

我感覺到手臂開始冒出一顆顆的蕁麻疹。

「我病才剛好……妳收斂點，好嗎……」

連腦袋也開始發燒了……奇怪？以前只有身體會發燙，怎麼不記得腦袋或臉也會發熱？不，一定只是我沒發現罷了。這也是過敏症狀之一，一定是——

「——噗哧！」

忽然間曉月笑了出來，「嘻嘻嘻！」開始抖動肩膀。

啊……？怎、怎麼搞的？就在我跟不上狀況的時候，曉月很快地把頭轉向我這邊。她的臉上，帶有調皮的笑意。

「我剛才那是裝的。」

「…………啥？」

「好奇怪喔～？怎麼覺得你的臉紅紅的呢～？我只是假裝吃醋一下而已啊～你會不會有點自我意識過剩了啊？小小♪」

「嗚…………嗚哦喔喔哦哦…………！」

我、我上當了……！誰會選在這種時候整人啊……！有夠惡劣的……！

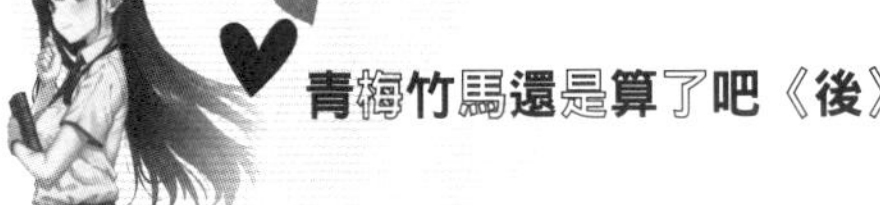

「要不要再讓你躺一下我的大腿啊，小小？來呀，過來嘛過來嘛？」

「住手啊啊啊啊……………！」

我再次打從心底感到後悔。

我以前怎麼會交到這種女朋友？

這麼重大的失敗，我看今後的人生當中絕不會有第二次了。

所以，我要一再主張：

——什麼人都可以，就是不要跟青梅竹馬交往。

「——……………不好意思～可以打擾一下下嗎～……………」

「「——！」」

黑暗中傳來熟悉的聲音，我們嚇得轉頭一看。

站在微弱月光下的那個人，我不可能看錯——正是東頭伊佐奈。

平常缺乏表情的那張臉，如今顯得尷尬萬分。

「真的非～～～常抱歉打擾兩位打情罵俏……但如果方便的話，可不可以告訴我祭典的神社要往哪裡走……」

「東、東頭同學……？妳、妳看了多久了……？」

「從『要不要再讓你躺一下我的大腿啊，小小？』的部分開始——不、不過沒關係！我沒有朋友可以讓我說出去！雖然我屬於口風比較鬆的類型就是！」

「那不就表示妳會跟伊理戶同學或結女亂說嗎！等、等一下！開玩笑的！剛才那只是開玩笑啦——！」

◆ 伊理戶水斗 ◆

學習集訓的所有日程正式結束。

第三天的白天，我們走出飯店，按照班級分別坐上遊覽車。東頭一副擔心害怕的神情，但沒辦法，誰教我們不同班。我會用發回來的手機陪妳殺時間的，妳就忍耐一下吧。

看到南同學坐到後面、川波往走道旁的座位走去，有個女生大聲說了：

「咦，南同學～！妳怎麼不跟川波同學坐一起啊～？」

這個玩笑還沒玩完啊？還以為到昨天就結束了。假如集訓之後大家還繼續鬧他們，我就真的有點過意不去了……

我才剛開始擔心，南同學就一臉不在乎地回答了：

「啊，我們分手了～」

「超快！啊哈哈！」「為什麼？分手的原因是？」

「嗯──理念不同吧？」

「你們玩樂團啊！」「啊哈哈哈哈哈！」「喂，川波！被甩有什麼感想？」

「我要當回普通的男生～」

「你偶像明星啊！」「噗哈哈哈哈哈！」

……真有一套，他們的回答成了完美的收尾。這下這個玩笑就不會拖到暑假收假了。

我把手肘立在窗邊托著臉感到佩服時，手機登愣一聲發出了通知音效。是結女。

〈南同學跟川波同學，好像進展得還不錯喔。〉

〈我聽東頭同學說，他們在偏僻的地方打情罵俏。該不會已經在交往了吧？〉

〈似乎是。〉

〈說不定喔。〉

〈你怎麼一點興趣都沒有？〉

〈完全沒有。〉

這次的事讓我充分體會到，戀愛ROM不合我的胃口。

「嗨，死黨。」

有個男的輕佻地說，到我旁邊來坐下。不用說也知道是川波小暮。

「不要擅自自稱我死黨。你應該是屬於如果我被霸凌會出手相救的類型吧？」

「我不太懂你的意思，總之先告訴你，我是屬於與其搭救不如防範於未然的類型……昨晚謝啦，謝謝你幫忙。」

「我只是替自己做的事收拾善後罷了。」

其實川波與南同學之間發生了什麼事，我是一無所知。只是，我**不用多想**就能感覺出他們的關係正在往不好的方向發展，但我認為這個善於處事的男人會有辦法解決，就試著激了他一下罷了。

而這麼做似乎收到了正面效果，我想是因為這個交際力高手——不對，這個應該跟交際力無關。總之是川波小暮靠自己的本事辦到的。

「那麼反正都要收拾善後，我可以問個問題嗎？」

「什麼問題？」

「昨晚，你跟伊理戶同學跑去哪了？」

「…………」

我盡可能不讓他察覺我的渾身僵硬。往車窗一看，就看到川波那張令人不舒服的邪惡笑臉的倒影。

「你們倆好像是在不知不覺間一起回飯店的啊。我還以為你們一定在找迷路的東頭，怎麼會先回去了？」

「……我們以為東頭也回去了。」

「那我再問一個問題。你跟伊理戶同學，那時候怎麼都換上了運動服？」

「……因為洗過澡了。」

「東頭迷路的時候洗澡？對東頭莫名保護過度的你？」

「…………」

「這麼一想，答案就出來了。你們一定是遇到了某種非得立刻洗澡的狀況。例如……變成了落湯雞之類。」

我悄悄嘆了口氣。

有這麼強大的觀察力，怎麼還會跟南同學吵架？

「這只是我的個人妄想罷了，你聽聽就好。昨晚沒下雨，對吧？這也就是說，你們應該是自己掉進了水裡吧？比方說……有了，掉進湖裡之類的。琵琶湖的湖岸路燈比較少，很陰暗。你們在那附近找東頭，不小心腳一滑——」

滑倒的是結女，我只是想拉住她。結果導致我也被拖下水，就這樣。

「昨晚，伊理戶同學穿的是白色的衣服對吧？你知道嗎？白衣服一沾到水就會變得很透明喔。」

——弄濕的衣服貼在肌膚上，使得原本該隱藏起來的色彩顯露無遺。月光映照出的是肉色與藍色。那很明顯地是平常時候穿的，裝飾較少的簡約款式。結女臉頰上黏著濕透的頭髮，順著我的視線往自己的胸口看，霎時面紅耳赤到在黑夜裡都看得出來，伸手遮住胸脯……

「她當然不能就這樣回到有人在看的飯店。這麼一來，就得找個地方脫掉衣服，然後把水擰乾——」

「講夠了吧。」

「嗚嘔！」

我用手肘撞進坐我旁邊的男人側腹部。你這已經不是ROM專了吧，連沒看到的部分都被你講出來了。

——……你絕對，不可以往我這邊看喔……

真是氣人。講得簡直好像比起我們，川波更了解我們似的。

觀測者與被觀測者——有時觀測者會把自己的願望強加給被觀測者，但被觀測者有時也會順水推舟欺騙自己。理想中的自己與現實中的自己總是有落差，所以我們無法靠自己發現自己的真正本性。

人類之所以有兩隻眼睛，是因為用一隻眼睛無法正確掌握物體的形狀。

既然如此，想正確掌握心靈的形狀時，或許也需要兩隻眼睛。價值觀、偏見、願望——每個人只有一顆心，卻需要一雙心眼。

可是萬一，用這種方式發現的自己，並不符合自身願望的話——我是否會希望有所改變？

……笨人想不出好主意。

到了那時候，我就選擇看起來比較有趣的一方吧。

後記——現實創角

這是我國中時遇到的真實狀況。當時班上有個很搞笑的男生，他是一個顯眼小團體的一分子，雖然不是帶頭的那一個但很能逗樂大家，大概就是比較容易被惡作劇的那一型吧。比起當時早已變成輕小說宅的我，他看起來更適應學校這個環境。

可是，那個同學有一天，忽然就不來上學了。

根據班導師的說法，原因是「他再也不想假裝成那種人了」——現在回想起來，老師把他拒絕上學的理由那樣赤裸裸地解釋給全班同學聽，未免有些粗神經而讓人無言以對，不過這就先擺一邊，讓我印象最深刻的，是同學聽到這件事的反應。

大家都愣住了。

那些以前圍繞著他一起歡笑的同學，全都沒能理解他的半點心情。雖說每個人多少都在扮演著某種角色，但他們看來對這件事是既不覺得痛苦，也毫無自覺。而在他們當中，只有他在勉強配合大家。這恐怕是因為旁人都希望他能扮演那種角色吧。

就像這樣，人類是會回應周遭環境或期待而扮演某種角色的生物。有些人會對此感到痛

苦，也有些人根本沒意識到；有些人會將它理解為成長，也有些人會理解為屈服，但總歸一句話，沒有人能逃離他人目光帶來的觀察效果。

我認為讓自稱戀愛ＲＯＭ專的川波小暮扮演這次的主角，就絕不能避開這個主題。先不論這傢伙很愛出主意，根本就不是什麼ＲＯＭ專……但我認為必須先明白別人的觀點會對當事人的行為造成強烈效果，才能夠正確地掌握水斗與結女的現況。

在家人的眼中是兄弟姊妹，另一方面卻又將對方視作舊情人，這樣的兩人究竟會如何建立起自己的角色？從下一集開始我有意回歸初衷，逐步將焦點放在水斗與結女的關係上。

誠摯感謝責任編輯、插畫家たかやＫｉ老師、本書製作方面的所有相關人士，以及支持本作的您。

以上就是紙城境介為您獻上的《繼母的拖油瓶是我的前女友(3) 青梅竹馬還是算了吧》。我大多都會把想說的話故意寫反，而且寫在很明顯的地方喔。

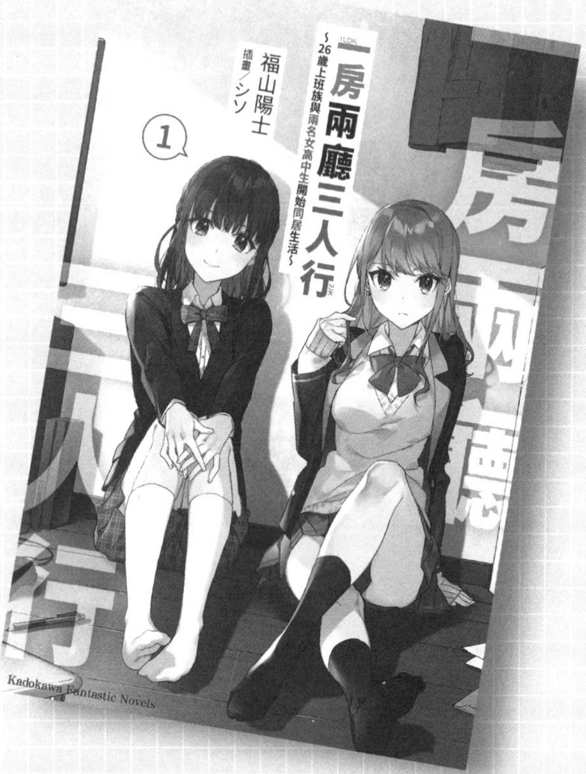

一房兩廳三人行 1 待續

Kadokawa Fantastic Novels

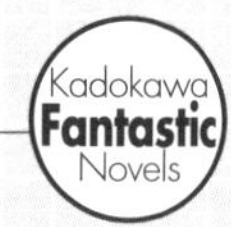

作者：福山陽士　插畫：シソ

單身上班族奇妙的同居生活突然展開。
與兩名JK共譜溫馨的居家戀愛喜劇。

由於父親託付，單身上班族駒村必須暫時照顧過去關係疏遠的表妹——打扮時髦的女高中生奏音。為生活急遽改變傷腦筋的駒村在下班途中遇見了離家出走而無處可去的女高中生陽葵，沒想到她竟然也硬是住進了駒村家中——

NT$220/HK$73

六號月台迎來春天，而妳將在今天離去。
大澤めぐみ
Illustrator もりちか
Kadokawa Fantastic Novels

六號月台迎來春天，而妳將在今天離去。

作者：大澤 めぐみ　插畫：もりちか

為什麼非要等到一切都太遲時，
才能說出最重要的那句話？

茫然憧憬著都會生活的優等生香衣、「理應是」香衣男朋友的隆生、學校裡唯一的不良少年龍輝、為了掩飾祕密而扮演香衣摯友的芹香。四人懷有自卑感、憧憬、情愫和悔恨。在那個車站，心意互相交錯，但人生中僅有一次的高中時光仍持續流逝⋯⋯

NT$220/HK$75

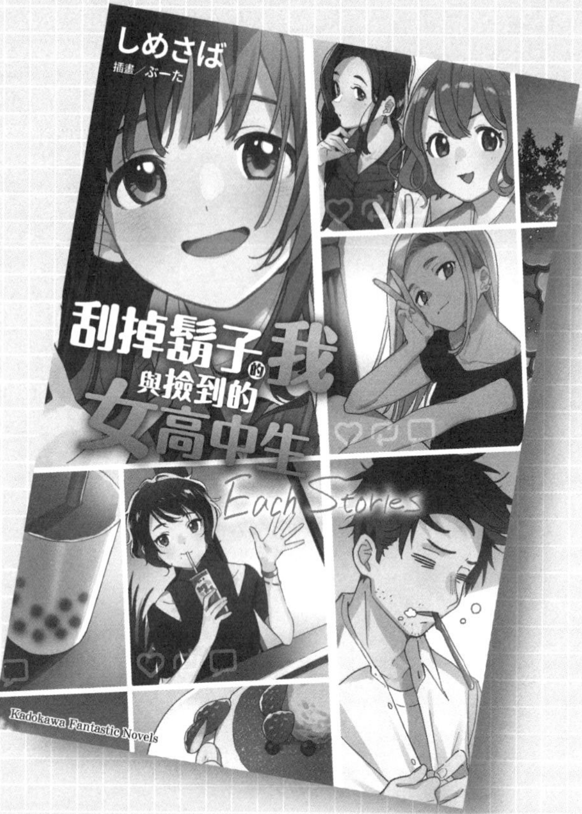

刮掉鬍子的我與撿到的女高中生 Each Stories

作者：しめさば　插畫：ぶーた

「沙優，話說妳果然很會做菜耶。」
「啊，是……是嗎？」

從荷包蛋的吃法，吉田和沙優窺見了彼此不認識的一面；要跟意中人去看電影，三島打扮起來也特別有勁；神田忽然邀吉田到遊樂園約會……這是蹺家ＪＫ與上班族吉田的溫馨生活，以及圍繞在兩人身邊的「她們」各於日常中寫下的一頁。

NT$220/HK$73

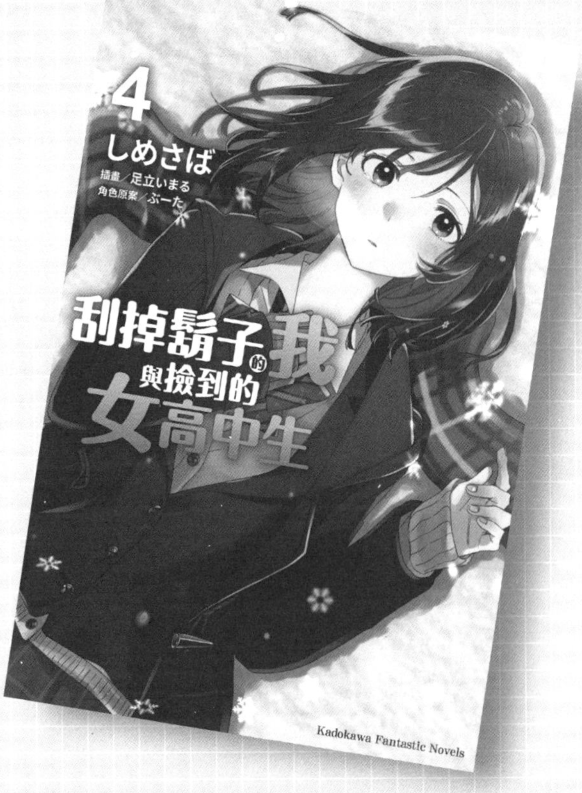

刮掉鬍子的我與撿到的女高中生 1~4 待續

作者：しめさば　插畫：足立いまる　角色原案：ぶーた

上班族 × JK，兩人的同居生活邁入倒數計時!?
日本系列銷售突破70,0000冊！

沙優的哥哥一颯突然來訪，兩人的同居生活突然面臨結束。回家期限在即，沙優緩緩道出自己的往事，關於學校，關於朋友，關於家庭。沙優為何會離家出走，而來到這麼遙遠的城市呢？這段日子跟吉田住在一起，她所獲得的又是什麼？事態急轉的第四集！

各 **NT$220~250/HK$73~83**

竜ノ湖太郎 8
ももこ
Last Embryo
問題兒童的追想
問題兒童的最終考驗
Kadokawa Fantastic Novels

問題兒童的最終考驗 1~8 待續

作者：竜ノ湖太郎　插畫：ももこ

各自的紛亂時光☆問題兒童的過往追憶！
過去的追憶與宣告新篇的開始！

「問題兒童」一行成功戰勝了第二次太陽主權戰爭的第一戰——亞特蘭提斯大陸上的激鬥。像這種三人齊聚的平穩時間已經相隔三年——在這段期間中，眾人各自經歷了紛亂的日子。彼此交心的短暫休息時間過後，以箱庭的外界作為舞台的第二戰即將揭幕！

各 **NT$180~220/HK$55~75**

あまさきみりと
Illustration フライ
我依然心繫於你
2
Kadokawa Fantastic Novels

我依然心繫於你 1~2 待續

作者：あまさきみりと　插畫：フライ

遺憾而美麗，苦澀又甜蜜——
獻給大人的青春故事。

能和喜歡的人永遠在一起。從尼特族轉為獨立公司代表人的修和青梅竹馬兼戀人的歌手鞘音預計參加有這麼一個傳說的雪燈祭。負責策劃這個慶典的三雲小姐曾是相信這個傳說的其中一人……一行人演奏的音樂再次引發奇蹟，編織出各式各樣的情感——

各 **NT$200~220/HK$67~73**

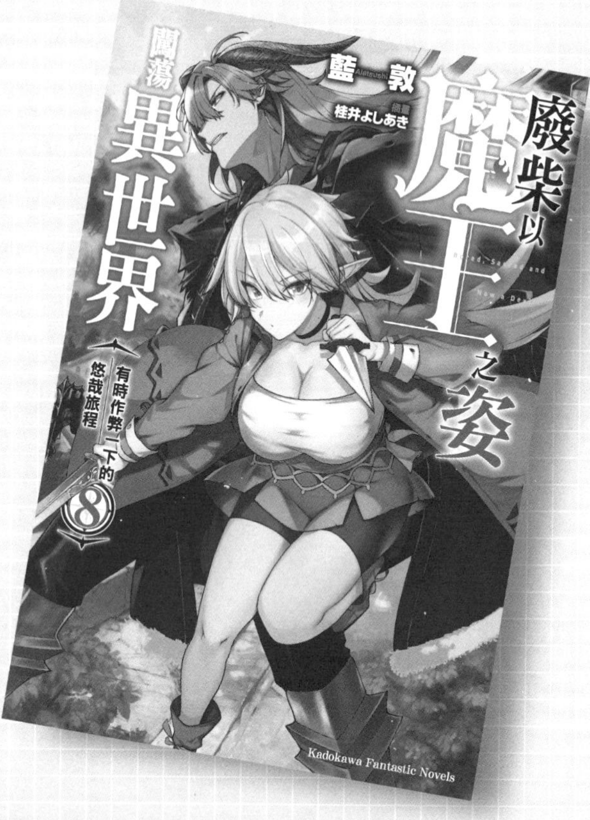

廢柴以魔王之姿闖蕩異世界 1~8 待續

作者：藍敦　插畫：桂井よしあき

凱馮一行人踏上新的大陸！
不只遇見新的夥伴，也終於與昔日好友碰面了!?

凱馮等人稱霸鬥技大賽「七星盃」，還擊敗了七星前導龍。他們才剛抵達下個目的地——薩迪斯大陸，凱馮就被那裡的貴族抓走了！前往救出凱馮的過程中，露耶撞見孩童被黑影襲擊的場面，立刻準備出手救人，可是……

各 **NT$220~260/HK$68~87**

史上最強大魔王轉生為村民A 1~5 待續

作者：下等妙人　插畫：水野早桜

亞德將與自己所留下的過往遺恨對峙！
「前魔王」的校園英雄奇幻劇第五集！

亞德與伊莉娜受到女王羅莎的召集，一同擔任女王的護衛參加五大國會議，造訪宗教國家美加特留姆。然而，他們遇見了過去位居魔王部下最高階的武人，當上教宗的前四天王之一——萊薩。他繼承「魔王」的遺志，企圖透過洗腦來達成世界和平……！

各 **NT$220~240/HK$73~80**

國家圖書館出版品預行編目資料

繼母的拖油瓶是我的前女友. 3, 青梅竹馬還是算了吧/紙城境介作 ; 可倫譯. -- 初版. -- 臺北市 : 臺灣角川股份有限公司, 2021.07

面 ; 公分

譯自 : 継母の連れ子が元カノだった 幼馴染みはやめておけ

ISBN 978-986-524-627-3(平裝)

861.57 110008388

Kadokawa
Fantastic
Novels

繼母的拖油瓶是我的前女友 3
青梅竹馬還是算了吧

（原著名：継母の連れ子が元カノだった3 幼馴染みはやめておけ）

2021年7月29日 初版第1刷發行
2022年8月25日 初版第3刷發行

作者：紙城境介
插畫：たかやKi
譯者：可倫

發行人：岩崎剛人
總編輯：蔡佩芬
編輯：邱璨萱
美術設計：宋芳茹
印務：李明修（主任）、張加恩（主任）、張凱棋

發行所：台灣角川股份有限公司
地址：104台北市中山區松江路223號3樓
電話：（02）2515-3000
傳真：（02）2515-0033
網址：www.kadokawa.com.tw
劃撥帳戶：台灣角川股份有限公司
劃撥帳號：19487412
法律顧問：有澤法律事務所
製版：巨茂科技印刷有限公司
ISBN：978-986-524-627-3